UNA SERENATA AI MORTI

GIOVANNI FALDELLA

ALL'OSTERIA

Un verde da vetriolo ammutolisce nei prati, le camere da pranzo sentono l'autunnale tanfo delle castagne lessate, e le cortine delle finestre prospicienti all'orto putono come una malora alla caduta delle pulverolente cimici selvatiche. Ridiventa buono l'interno dell'osteria.

Le partite a tarocchi e a bazzica, cui l'estate avea disperse o confinate in un angolo del pergolato per poche ore del vespro, si riuniscono di nuovo gagliardamente dietro la ghisa della cucina, e si protraggono fino a notte tarda.

L'osteria di Borgo Grezzo non ha titolo speciale, perché è unica; e le basta l'insegna della frasca; e la rinomanza dell'ostessa Ghitona. Un cacciatore, dopo averla assaggiata l'aveva dichiarata "non bella ma pulita".

Si intende che questa definizione riguardava la persona di lei, e non gli arnesi delle sue tavole e della sua cucina. Imperocché le tovaglie ne sono stomachevoli e nascondono nelle pieghe ditate di azzurro e barbigiate di giallo e di terreo; stagna sulle posate un unto indelebile; i bicchieri hanno il fondo non solo ruvido, ma nerastro e gli orli avvinati; la piatteria è, per costante elezione dell'ostessa, nerissima a fine di nascondere gli imbratti restati dalla rigovernatura; e nella saliera cenere di pipe, gocce di aceto, spruzzi di vino violaceo, soffi di pepe e pane trito, e lunette di rosso d'ovo lasciatevi dalle punte dei coltelli formano nel sale pastorizio iniezioni e stratificazioni pittoresche.

Un tumulto di cose disarmoniche circonda l'osteria e le sovrasta, come se l'anti estetica fosse la legge, la divinità del luogo. Le fascine della chiudenda sono di varia età e pendono in direzioni diverse; hanno buchi pel passaggio delle galline e dei conigli, e dei monelli. Fra i loro stecchi nudi tengono imprigionati gusci d'ovo, stracci abbandonati che fanno un singolare contrasto con i piantoni di salici, che sputano tuttavia umori e foglioline.

Il pergolato è un rovescio di travicelli tarlati, un penzolio di foglie fracide da una stuoia di ontani morti, è uno scarduffiarsi di pampini di una vite irrugginita, mentre serpeggia e verdeggia la zucca, tuttavia vigorosa, e mostra qua e là le punte dei suoi fiori luminosi. Uno zuccone rubicondo rotola giù dal tetto come un deretano fustigato; i fagiuoli rampicanti gittano a diverse altezze uno zampillo di capettini viperei, curvantisi come impugnature di violino e punti di interrogazione esilissimi come una filigrana vegetale.

Il ballatoio della casa non ha sponda; quindi nella desidia campagnuola per evitare le cadute ai ragazzi, piuttosto che principiare il gran lavoro di una balaustra, si tiene per anni ed anni inchiodato il balcone, e buio il magazzino e camerino da letto, dove in un angolo talliscono le patate e le cipolle.

Eppure, nonostante questo fastello di sgarbo, disordine e cascaggine che la circonda, l'osteria della Ghita è l'unica nota confortante e ricreativa nella vita selvaggia di Borgo Grezzo. Quivi convengono come ad un'oasi il cacciatore, il viaggiatore di commercio, il viandante uscito di prigione, e quello ricercato dalla giustizia e i maggiorenti del paese. Il giovane medico condotto, famoso pel suo gaio umore, qui sfrottola tutte le sere le sue satire e le sue caricature acclamato dalle più cordiali risate degli astanti, a cui egli unisce il proprio cachinno fragoroso. Egli nel muovere verso il villaggio si era fatto il più saldo proposito di intraprendere e compirvi studi botanici, fisici, antropologici e scrivervi delle memorie scientifiche, ed ora da più di un anno, non toglie più nemmeno la fascia ai fascicoli di Riviste Mediche che riceve; egli che forse sarebbe riuscito felice umorista anche nella letteratura; ravvolto dall'ambiente è diventato una vera ricchezza di giocondità per l'osteria, cosicché molti ne sono assidui solo per lui, che si è ridotto a trattenimento periodico serale, tanto che potrebbe farsi pagare dall'ostessa il proprio spettacolo.

Rivale del dottorino si è il signor Ambrogione, detto per antonomasia il Cottimista; perché è lui che da parecchi anni ha l'appalto dei canali demaniali e la manutenzione delle strade provinciali. Alto e membruto come un camallo genovese, porta sulle spalle prominenti incassato un collo corto che sostiene una testa piccina come di testuggine; veste una giacca e i calzoni di velluto di cotone rigato e qualche volta la blusina azzurra del carrettiere.

È veemente in tutto e specialmente nel bere. Entra con furioso affanno nell'osteria, gridando a squarciagola: Ghita, un litro! quando se l'è ingollato, dice invariabilmente, elevando un sospiro di consolazione: Ho ancora sete.

Allorché viaggia in ferrovia, egli è lo spasso del vagone di terza classe, su cui sale. Sternuta come un terremoto, e ad ogni stazione si protende fuori dello sportello, chiamando col suo allegro francese di Biella un bisciuar.

Nell'ultima festa del paese egli si avvinazzò tanto, ballonzolò tanto, si arrovellò tanto di vino e di movimento che ritornando a casa voleva costringere tutti coloro, cui incontrava per la strada, a ballare con lui: preti, vecchie, ragazze, padri coscritti. O sia che una villanella riluttante, puntandogli contro il ginocchio, gli abbia dato il gambetto, o sia che lo abbia rovinato, come l'impero romano, la propria mole, fatto sta ed è, che stramazzò per terra e si slogò una coscia. Non se ne adontò per nulla e ricusò di essere portato a casa per la fasciatura; volle che il medico venisse a mettergli la gamba a posto nello stesso tratto di strada, in cui egli era ruzzolato. Sdraiatosi nella polvere rizzò la testa e si addossò ad un paracarro per aspettare comodamente il dottore, e intanto per rendere vieppiù comoda l'aspettazione si fece recare dall'osteria un altro doppio litro con bicchieri. Beveva e costringeva a bere la moglie e le figliuole accorse e gli altri assistenti, e offriva da bere a tutti i passanti, dicendo che voleva da buon cottimista fare gli onori dello stradone provinciale.

Venuto il medico, non si lasciò toccare da lui, se prima questi non aveva toccato con esso il bicchiere, e quando finalmente gli permise di accingersi alla operazione, pretese a forza che gli applicasse alla gamba slogata alcune doghe di un barile sfasciato, che egli aveva comandato gli recassero da casa.

Guarì completamente, ma la cordiale riconoscenza per la bella cura fattagli dal medico non gli tolse dall'animo un'inconscia invidia che gli era trapelata addosso; un'invidia che si potrebbe chiamare del mestiere, se fosse mestiere quello di dire buffonate.

Non c'era caso che egli ridesse alle spiritose barzellette del medico; questi per sua parte, pur avendo un'indole così risanciona, diventava serio, quando Ambrogione sferrava i suoi lazzi, e nella superiorità della propria educazione ostentava di non avvertirli neppure. Questi rapporti tesi erano gravidi di una sfida, come li giudicò un uomo politico, il farmacista. Infatti nell'osteria e poi nel paese intiero erano nati quasi due partiti pei due contafavole.

La parte più intelligente e la società più fine del paese, le signore, il segretario comunale e il farmacista tenevano pel dottore.

Erane specialmente devoto ammiratore il panattiere Gregorio, il più indefesso, mansueto e silenzioso bevitore del Borgo, quegli che senza giuocare accettava di far parte di qualsiasi partita, in cui vi fosse per posta qualche bibita; tantoché chicchessia entrando nell'osteria, e disagiato a bersi una bottiglia intiera, ne proponeva sicuro la società a Gregorio, e questi non diceva mai di no; onde gli capitava magari di avere carature in quattro o cinque tavolini; qua per la gazosa, là per la birra, o per il caffè, o pel vino del bottale, o per il nebiolo imbottigliato; ed egli beveva e pagava da per tutto con una flemma e una soddisfazione ammiranda.

Anche i mugnai parteggiavano pel dottore; insomma erano con lui quasi tutti quelli di arte bianca. Invece quelli di arte nera, come il Gran Tommaso carbonaio, Pietro il fuligginoso fabbro ferraio, il maestro cappellano, ecc. erano partigiani del forte Ambrogione. Dicevano le vecchie dell'Opera Pia che anche il diavolo teneva per lui.

Però nella sua banda egli prediligeva l'organista Protaso e il bel Rolando, che formavano con lui un terzetto musicale. In effetto egli, famoso lavoratore ed ubbriacone, era anche a tempo avanzato vigoroso suonatore di fisarmonica, e si faceva accompagnare appunto dal vecchio organista che conosceva abbastanza bene il flauto, il violino e il contrabasso, e dal giovinetto Rolando che grattava la chitarra con un'aria ispirata. Anzi quest'ultimo pareva il Ganimede di quel Giove.

Il bel Rolando era stato definito dal parroco con proprietà di linguaggio quale scioperato; ma il più mite neologismo degli altri borghigiani lo riteneva per un semplice disimpiegato. Figlio di un particolare (contadino proprietario), aveva fatte le scuole tecniche; ma non si era spinto più in là, tra per la poca voglia che egli aveva di studiare, e per il desiderio della mamma di averlo attaccato ognora alla gonnella e per la stufaggine, che aveva suo padre, di sprecare i denari a fine di mantenergli i vizi in città.

Nel villaggio, alieno dai lavori di campagna, senza mestiere, egli consumava il tempo bruciando pipate di tabacco da tre soldi, perseguitando e corrompendo le più belle ragazze del villaggio. Molti matrimoni andarono rotti per cagion sua. Esercitava una languidezza imperiosa, irresistibile da gatta morbida e da tenore brigante, teneva sulla testa due ditate spesse di capelli biondi come l'oro, spartiti in metà come li spartiscono le donne: possedeva un mostaccino rotondo, come nelle maschere da fanciulle, e nelle Sirene da giostra o nelle ballerine per pipe di schiuma: aveva gli occhi grossi, azzurri, di cobalto; la camicia di flanella senza solino gli lasciava libero il collo alto e ben tornito: portava un'elegante cacciatora con bottoni bianchi, orlata di refe rosso. Era un bel vizioso. Persino la nominata Erzegovina, e poscia ribattezzata Krumira, la cortigiana celebre del Borgo, che faceva il servizio di tutte le caserme dei Carabinieri del circuito, sentiva delle debolezze gratuite per lui; ed una volta per amore di lui aveva lasciato bussare invano alla sua porta il deputato capitato in vacanze, quantunque fosse già stato due volte segretario generale del Ministero di Agricoltura e ministro in predicato.

Quando, per usare una frase tecnica del paese, qualche ragazza alzava il grembiule prima del tempo, lo si attribuiva al bel Rolando e si attribuivano a lui i gettatelli che si trovavano sulla porta della chiesa. Onde una volta il feroce cottimista gli disse: Mio caro! tu pel bilancio degli esposti costi alla provincia più che l'avv. Denticis, che noi cottimisti non possiamo andare a trovare, senza mostrargli il gruzzolo dietro la schiena.

Quel satanico fanciullo piaceva, si appoggiava e quasi si maritava al Satana adulto, come la grazia alla forza, l'edera all'olmo.

Ambrogione se ne serviva qualche volta per farsi fare i conti del negozio dei bozzoli, su cui speculava e versavasi come un maroso nei mesi di giugno e di luglio, o per l'affitto delle trebbiatrici, nel cui acquisto si era gettato come un veltro ferito, e per fargli conteggiare i mucchi di ghiaia su cui frodava, e lo retribuiva con gite di piacere e merende. Questa era l'unica occupazione lucrosa, cui attendesse il bel Rolando nel suo ozio geniale. Qualche volta d'inverno coltivava ed enunciava l'idea di raccomandarsi poi al deputato, già segretario generale, e futuro ministro dell'Agricoltura, e domandargli qualche impiego. Ma, sopraggiunto l'autunno, egli si sentiva così bene, si gatteggiava così tiepidamente nel suo dolce far niente, che non pensava neppure per sogno di andare ad umiliarsi all'on. ex Segretario Generale e promesso Ministro, e preferiva fargli prendere il fresco di fuori, quando questi col portabiglietti pinzo si degnava di bussare all'uscio della Erzegovina poscia Krumira, e nei pochi casi in cui lo lasciava entrare, si divertiva poi a fumare i sigari d'Avana da 24 soldi.

L'organista Protaso, un vecchio sbarbato, vestito di un giubbino nero, corto, lucido, sfuggente, lieve come la fodera di un violino, era servitor devoto di tutti quanti, ma si inchinava premurosamente alla generosità e alla potenza di Ambrogione, ed in una sola parte si riservava ad essere lui stesso intransigente, cioè nel non ammettere ballabili moderni, e nel mantenere, come Vangelo del terzetto, un vecchio cartolaro di danzeria del maestro Caronti, che egli aveva portato da un paesello di montagna, dove aveva fatte le sue prime armi musicali. Quindi né Sangue Viennese, né Labbra di fuoco, né Fiotto di mussola poterono aver mai l'onore d'entrare nel repertorio musicale di Borgo Grezzo, dove trionfavano continuamente le vispe cantilene dell'antico cartolaro, intitolate: Iride Cuor contento La priora di San Sebastiano Pietrina Michisso, ecc., scritte da quel genio ignoto del maestro Caronti certamente per qualche figliuola di castellano; imperocché ad ogni unto fondo di pagina c'era l'avvertenza: L'illustrissima signora damigella è pregata, oppure degnisi di voltare il foglio. Per somma grazia erano state accettate dall'organista alcune canzoni popolari che Ambrogione aveva raccolte nella sua vita d'impresario anche fuori del Piemonte. Il giovane dottore, quantunque egregio dilettante di canto e pianoforte, non poté mai accordarsi col terzetto, avendo egli avuto delle coraggiose velleità di introdurre a Borgo Grezzo un ballabile di Klein, un altro di Capitani e alcune romanze di Tosti e di Rotoli, e sull'organo della Chiesa il Mefistofele di Boito.

II

I CONTAFROTTOLE

Una sera l'adunanza dell'osteria era al gran completo.

Il salone dietro la cucina, formato da due stanze riunite, in cui alla abbattuta parete divisoria si era sostituito un arco sorretto da un pilastro, era rigurgitante di gente, pareva una fitta piantonaia di uomini clamorosi, come un'assemblea operaia per fondare un magazzino cooperativo, o un comitato elettorale, in cui un candidato pagasse le spese alle sue speranze di consigliere o deputato delle acque. La Ghita doveva affaccendarsi a voltare i grossi peperoni gialli e rossi; e le fette di polenta, che arrostivano sopra le molle adagiate sulla brace; e a portare litri e doppi litri alle tavolate richiedenti.

Nello scompartimento di destra c'era la tavolata del dottore, il quale quella sera pareva proprio in buona vena d'accettare con Ambrogione la sfida a chi le dicesse più grosse. Ambrogione si presentava maestoso quale un fiume nella sua piena. Il dottore aveva già comunicato per la millesima volta il suo progetto di una confraternita religiosa, nella cui processione il Gran Tommaso avrebbe fatta la parte di Longino, e Ambrogio quella del buon Ladrone; aveva già narrato in una ultima edizione il suo sogno di una rivista militare che farebbe il Commissario di leva agli impiegati e alle impiegate del Municipio che sarebbero denudati e denudate come coscritti alla visita; aveva già riferito il famoso testamento di Don Coraglia.

Non ho capito bene osservò il panattiere mansueto ed inesauribile nel bere ed ascoltare e far ripetere. Don Bertrame Coraglia, ripeté il dottore - dopo avere vissuto da lepido gaudente, aveva voluto mantenersi buffo anche in morte, corbellando il pubblico con un pio teatrale decesso, che accadde, come si ricordava mia nonna, a Trentacelle, nel 1840. Egli era caduto ammalato in uno dei primari alberghi dell'antico capoluogo della nostra provincia; e per farsi trattar bene dall'albergatore e onorare dalla cittadinanza, mandò a chiamare il notaio, a cui dettò un grasso testamento. Con esso nominò erede universale delle sue sostanze il venerando Capitolo metropolitano, e profuse un'immensità di legati pii non dimenticando il padrone dell'albergo, a cui lasciò l'orologio d'oro, né i camerieri che lo assistevano durante l'ultima malattia, ai quali lasciò, in compagnia del padrone, le cedole della sua valigia. Anzi, prima di spirare, ebbe cura di farli chiamare intorno al letto, e loro pronunciò distillando con la solennità dell'Uomo Giusto, che muore nell'ultimo atto di un dramma, un commovente discorso, in cui loro raccomandò la fermezza nella fede cattolica, l'amore di patria e la purezza dei costumi.

I canonici commossi di riconoscenza gli ordinarono un funerale sontuoso di prima classe, durante il quale cantarono colla più sfogata solennità a squarciagola; ma poco dopo dovettero mangiarsi i pugni di pentimento per la voce prodigata e per la cera buttata al diavolo, riconoscendo che le sostanze dell'abate erano una vera burla: zero via zero. L'albergatore trovò di ottone, trovò essere un misero giocattolo da fiera il famoso orologio d'oro; e i camerieri dell'albergo poi, aperta la famosa valigia delle cedole, scopersero che esse non erano già cartelle del Debito pubblico, come essi avevano fermamente creduto, ma cartelle del Debito privato del testatore, cioè cedole di citazione intimate pel ministero d'usciere dietro istanza dei creditori al Don Coraglia, diventato da parecchi anni debitore non solvente.

Il panattiere batté le mani, poi le lasciò cadere congiuntamente sui ginocchi, per atto di grande meraviglia.

Lo stesso Ambrogione si degnò cavallerescamente di tacere alla ripetizione di questa storiella.

Onde il dottore lesse una nuova tacita preghiera negli occhi del panattiere, e, senza pigliar fiato, riprese:

Voi, Gregorio, volete sapere...

E Gregorio: Sì... Ma era proprio...

Ve lo ripeto? L'abate Coraglia era proprio quel desso, che nel confessare dava l'assoluzione a capriccio e secondo le conoscenze. In una sera scura si recò a confessarsi da lui il vecchio Conte. E Don Coraglia distratto gli negò l'assoluzione. Quando il penitente si partì, il prete sporgendosi dal confessionale si avvide di chi si trattava; e gli trottò dietro gridandogli: scusi non l'aveva mica conosciuto... Se vuol tornare, subito ripariamo.

Risero discretamente gli ammiratori del medico, ma il panattiere si prese la testa fra le mani, per non scoppiare dal contento, e parve risoluto di assumere coi suoi monosillabi la parte di leader del partito.

Ambrogione punto di invidia, per non riuscir sopraffatto in quel torneo, cominciò a parlare con voce strepitosa alla sua tavola, ma in modo che la direzione della sua voce e del suo racconto pareva sopratutto rivolta a vincere gli avversari costringendoli a non perderne una sillaba. Disse: Don Coraglia l'ho conosciuto pur io. Si è conservato fino a settant'anni una capigliatura nera e folta. Usava di una certa pomata, che avrebbe fatto nascere i capelli anche sopra una palla di bigliardo. Un giorno, avendo le dita unte di quella pomata, toccò un sedile di pietra nel giardino. Or bene, il giorno dopo quel sedile era coperto di peli come un velluto...

Boun!

E Ambrogione senza scomporsi seguitò:

Del resto, la morte e il testamento di Don Coraglia sono accaduti non nel 1840, ma nel 1849, quando io era all'eroica difesa di Casale. C'erano con me allora tre cannonieri veterani così sordi, che quando avevano sparato il cannone, si domandavano l'un l'altro, se aveva preso fuoco: l'a pià fò?

Balzarono gli ah ah! più contenti dalle bocche dei suoi abbronziti partigiani, i quali poscia bevettero; e dopo la bevuta, batterono rumorosamente il bicchiere sulla tavola.

Riscaldato, Ambrogione continuò dicendo: Ciò è nulla a petto dei Cinesi, i quali respingono gli attacchi alla baionetta e le scalate date ai loro spalti, gettando della polvere negli occhi...

Ai gonzi! interruppe il dottore sentendosi incoraggito dall'approvazione che continuava a scintillare negli occhi al panattiere.

No, signore! Ai nemici Francesi   continuò imperturbato Ambrogione. Perché quei guerrieri vanno alla guerra colle tasche piene di sabbia... Cosa, del resto, facilissima a capirsi... Perché vi sono dei metodi di guerra e di caccia ancora più semplici... Un mio amico, guarda convoglio, mi raccontava che egli prendeva gli orsi comodamente così: metteva in capo al sentiero, per cui essi dovevano passare, un semplice cribro di fili di ferro. Allorché gli orsi si affacciavano a quell'ostacolo, rizzandosi per apporvi le zampe di contro, attraversavano colle unghie i buchi del crivello. Allora il cacciatore appostato dall'altra parte con un piccolo martello ribatteva quelle unghie, ritorcendole gentilmente contro i fili di ferro. Tich tach. Così gli orsi rimanevano attaccati al cribro e si potevano portare via belli, vivi e sani.

Questa è da Barone di Münchhausen! dissero a un tempo il medico e il segretario comunale.

Non c'entra nessun calcio nel caffè di Moka rispose Ambrogione. È un fatto storico... Si tratta dello stesso capo convoglio, mio grande amico, che venne poi nominato capo stazione a Baltesana. Egli per non interrompere la partita a tarocchi colle guardie doganali, era solito a non presentarsi al passaggio dei treni diretti e collocava sull'uscio dell'ufficio un fantoccio della sua statura, col berretto, e colle cifre del grado. Una volta il vento nell'impeto di un treno celerissimo rovesciò il fantoccio, onde il macchinista, temendo di avere travolto il capo stazione, fermò la macchina; e si riconobbe...

Ih! Ih! Ah! Ah!... Uh! Uh! urlarono tutti.

L'organista, come fosse pagato per dargli l'imbeccata:

Baltesana è lo stesso paese...

Lo stesso paese   abboccò Ambrogione   dove c'era quella ragazza magnifica, ma smorfiosa e prepotente, la quale una volta recitava coi dilettanti nella Suor Teresa. Avendo sentito in platea alcuni giovinastri darle la baia, essa benché vestita da monaca, si avanzò risolutamente sul proscenio, si rivolse al pubblico bestemmiando: "Fate silenzio, brutti diavoli! cri... cco! contacc!" e alzando le anche si diede una patta di dietro.

Un'altra volta, sul loggione, al teatro dei burattini, si lagnò infinitamente d'aver sentito un rumore e un odore cagionato da una scorpacciata di fagiuoli. Per tutta quella sera e per il giorno dopo non cessò mai dal protestare che non si dovevano permettere quelle porcherie, vantando che a lei non era mai accaduta... simile disgrazia.

I giovinotti del paese per punirla di quel vanto, una volta la colsero in un bosco, mentre essa andava per funghi, e con un soffietto, che avevano portato espressamente con loro, la gonfiarono tanto, che essa tornando a casa strombettava per via come una diavolessa!

- E fece... disse il medico.

Il segretario completò la citazione di Dante.

Impossibile! Una ragazza ricca, non va sola per funghi...   osservò il panattiere.

Osate negare ciò che dico io...? Si fece il processo... Fui io testimonio, ché in quei tempi lavoravo pel canale Cavour a Baltesana... Minchioni! Se non li cercano le ragazze ricche, chi andrà a cercar funghi in quel paese!? in cui il più povero pezzente, che si presenti agli usci per amor di Dio, ha per lo meno una ventina di giornate in proprietà tra risaie e marcite.

Boun!

Le due tavolate rimasero veramente spaventate.

Ambrogione, offeso dai volti increduli, inferocì.

Ché! Vi prego di credere, che a Baltesana certi contadini pigliano per carità i calzoni di mezzalana dall'Opera pia, e posseggono tenimenti di 200 giornate...

L'osteria tremò... Si guardava dai più la finestra in modo supplichevole, perché la si aprisse pel passaggio delle bombe.

L'organista arrischiò:

Io non stento a credere.

Allora Ambrogione per rimunerarlo:

Ghita, due litri... e di vino imbottigliato.

L'attenzione degli astanti si tolse volentieri dallo sballone e si riposò sul bel Rolando che aveva staccata dalla parete la chitarra.

Sedutosi sull'angolo della tavola, colle gambe incrociate, teneva la cassa armonica sulle ginocchia e la testa in su a domandare ispirazioni. Il berretto alla marinara, dalla gronda larga di panno azzurro, gli faceva un'aureola celeste; egli era una bella cosa da osservare per la Ghita.

La ostessa guardandolo sentiva sotto le ascelle un calore, un'arsura di abbracciarlo, di avviticchiarselo.

Egli unghiava le corde, e ne cavava lentamente vibrazioni sonore che empievano, rallegravano l'aria e il petto a tutti; rompevano il tanfo e guizzavano nei nervi più pigri. Mentre egli sonava, gli si ingrandivano gli occhi; gli passavano sulla fronte rossori, vergogne di trovarsi un fannullone paesano, e baldanze, desideri di essere un elegante, misterioso giovane, barabba di città: correre come un demone sull'asfalto degli Skating Ringh, trascinandosi allacciata pei fianchi, intrecciata nelle mani la più bella cocotte di Torino, e ai balzi della musica, al fragore delle rotelle girare con una gamba in aria, valseggiare con lei, volteggiando fra quelle anime dannate, fra quelle fanciulle vestite di velluto, dal largo cappello peloso, dalla pellegrina, intagli di prete: e poi scivolando, filare dietro il paravento, e scalzarla, premerla lei, così superba e di così alto prezzo pei senatori, e per lui docile al solo prezzo di picchiarla come una cagnolina. Indi gli si ritiravano le vedute pornografiche dalla fronte ed erano sostituite da nobili proposti di andar via a guadagnarsi il pane, e diventare qualche cosa di buono, un bravo ingegnere, disegnatore, capo officina... Questa lanterna magica non solo si vedeva passare sulla fronte del bel Rolando, ma la si sentiva nel suono della sua chitarra.

Il panattiere, ottuso per la musica, profittando di una pausa, aveva cercato di avviare il medico sul tema dei Conciliatori.

- Signor dottore, sarà vera la risposta, che Bertolo, l'oste, ha data al Conciliatore di Calciavacca?

Sì, me lo hanno riferito. Bertolo era stato citato da Rolla il droghiere, che avanzava da lui venti lire per spezie e candele.

Il Conciliatore minacciava l'oste di una condanna coi danni, spese e vacati; quando Bertolo gli osservò placidamente: "Io pagherò le venti lire, che devo a Rolla, quando voi, signor Conciliatore, mi pagherete le trenta lire per quelle due brente di vino...". Allora il Conciliatore furioso:

"Silenzio! Silenzio! Se no, metto mano in carta libera...".

Ah! Ah! Che ridere! Che ridere! scompisciava il panattiere.

Ma la più buffa ripigliava il dottore è la sentenza, che ha pronunziato il nostro macellaio Conciliatore all'ultima udienza. Egli stanco di due litiganti temerari, che non ho bisogno di nominarvi, li licenziò dicendo: "Sentite! aggiustatevi! se no, ve lo giuro su questo santo Vangelo, per Cristo morto, se vi presentate ancora al mio macello, non vi do più una libbra di carne intera. Vi do tutta giunta ed ossi... E non fatemi perdere la testa...".

Oh, che ridere! che ridere! seguitava il panattiere, lacrimando e quasi scompaginandosi dalla contentezza.

Questo è nulla in paragone del Conciliatore di Baltesana disse Ambrogione, riafferrando il mazzo lui; quel Conciliatore, antico furiere in riposo, non essendo stato provvisto di nessun Codice civile dal Procuratore del Re, né dal Comune, si serviva del Codice penale militare, che aveva portato dal reggimento e per questioni di galline o di uno schizzetto di pochi soldi, minacciava condanne alla reclusione, e ai lavori forzati.

Nella festa di Sant'Orsola, le ragazze della Compagnia, essendosi ubbriacate in casa della Priora, messesi in fila sul ballatoio, improvvisarono una fontana nel cortile con grande scandalo e bagnatura dei musicanti che suonavano di sotto.

Il Conciliatore, fattele citare, le condannò alla fucilazione nella schiena previa degradazione.

Trrr... um.

Il bel Rolando, con una strappata delle sei corde a un tempo, tagliò degnamente la frottola di Ambrogione, in modo che tutti l'applaudirono ridendo come matti; quindi da quell'arrabbiato accordo, egli si sollevò e li sollevò ad una cavata dolcissima, mentre dalla testa pareva che gli svaporasse un inno oraziano in lode di Cesare Augusto.

III

LA SERENATA

Il dottore si alzò per avvicinarsegli e fargli la corte; gli cavò il berretto; e gli mise in testa il suo cappello nero con un'ala alzata alla spagnuola, fíggendogli nel nastro un cucchiaino di legno.

Ecco la studiantina, cioè la cucchiaina di Siviglia o Salamanca.

Ambrogione guardò il suo ganimede con un occhio intenerito, come Saulle dopo una doccia di arpa davidica. Stette un po' sovra pensieri di gelosia e di dispetto, come se con la parola Salamanca avessero satireggiato il suo protetto per mancanza di sale in zucca; e poi comandò giulivamente:

Protaso, lesto, correte a prendere il vostro violino, o il vostro contrabbasso, e poi passate a casa mia a prendermi la fisarmonica.

Il vecchio organista curvò la testa, che rassomigliava ad un'urna da tabacco, allargò le braccia, strinse le gambe, divergendo i piedi; e stava apparecchiato a fare qualche osservazione con un inchino.

Ma Ambrogione non gliene lasciò il tempo.

O andate, o vi... e gli mostrò una pedata.

Protaso fece una giravolta sul suo inchino, mentre le falde del farsetto corto e leggero gli si alzavano di dietro, quasi per ricevere degnamente ciò che gli era stato promesso. Quindi, tutto d'un pezzo, mantenendo la curva e le braccia larghe, uscì dall'osteria.

Traversando la corte ardì, per celia, di tentennare sulla vetrata, ma il cottimista lo fece scappare, urlando:

Fate presto, o vengo a spiantarvi la casa e voi vi spolpo... voi...!

Profittando dell'assenza dell'organista il dottore aveva fatto provare qualche accordo al bel Rolando, e lo incamminò ad accompagnarlo nella romanza del Tosti: Vorrei morir!

Ambrogione si degnò di lasciarlo cantare, e alla fine della romanza lo complimentò.

Non siete un minchione.

Intanto l'eco di quei patetici vorrei morir gli faceva attraversare il cervello da una strana, benché ancora indistinta idea.

Non ritardò a ritornare l'organista cogli strumenti.

Ambrogione, scelto a coadiutore il Gran Tommaso, lo trascinò pel colletto nello stanzone superiore a stanare una spinetta, che posava le gambe zoppe fra le cipolle e da parecchi anni, cioè dalla morte dello zio prete che l'aveva lasciata in eredità alla prole nascitura della Ghita, non era stata più sonata da altri, che dal gatto allorché passeggiava sulla tastiera.

Scaricato giù quel vecchio mobile, non ostante le opposizioni dell'ostessa, Ambrogione costrinse il medico a suonarlo. E il dottore, mezzo brillo dal vino e dalla buona luna di quella sera, accettò e tempestò una polka di Edoardo Strauss Bahn Frei (Fate largo). Pareva martellasse sui vetri. Ciò nondimeno il bel Rolando, deposta la chitarra, aggavignò la Ghita, e la fece ballonzolare, abballottandola ed accantonandola di tanto in tanto in un angolo contro alla scopa, mentre essa lo stringeva, pur riluttando con le grida.

L'organista per ristabilire l'ordine, propose ed allestì, che si ripassasse in quartetto la famosa danzeria del maestro Caronti.

Si accondiscese; ma prima di tutto il cottimista ordinò che si bevessero da tutti insieme altri quattro litri.

Il panattiere disse che accettava, ma che voleva entrare per sua parte nel conto:

Chi mette bocchino, metta quattrino.

Chi parla di pagare, quando comando io?... E se qualcheduno si muove per uscire, piglio la falcetta e gli taglio le gambe.

Comanderai, quando avrà finito di comandare Ambrogione disse l'organista pro bono pacis e per proprio vantaggio.

A questo patto accetto si acquietò Gregorio.

Dopo mezz'ora di accordature innaffiate dal nero vino di Freisa, il quartetto si poté dire montato.

Si suonò la Perseveranza, scottish; e poi il Cane di guardia, marcia in cui ad ogni tanto i sonatori si fermavano ad abbaiare: Bau! Bau!

Ciò elettrizzò l'osteria; e Gregorio entusiasmato ordinò per suo conto sette litri.

Nell'emozione di versare egli stesso il vino, lasciò cadere per terra una bottiglia, che venne prosciugata dal pavimento. Ma gli altri sei litri se li bevettero i congregati, senza perderne una goccia.

Oltre l'intiero quaderno del maestro Caronti, si suonò e si cantò la Biondina in gondoletta Cò sto caldo, cò sto caldo, insima ai monti La fioraia di Firenze, cavallo di parata del bel Rolando Smuova i fieuj d'Gianduja e i Bougianen an dio di Brofferio.

Il bel Rolando uscì a dire:

C'è una bella luna... Dovremmo andare a fare delle serenate.

Rosina vieni abbasso
È un'ora che son qui,
Già la luna sen va a spasso
E succede chiaro il dì.

Indispettito il padre di Rosina... continuò con voce da tiranno il dottore...

Ma io ho sete conchiuse Ambrogione: Ghita porta dei peperoni, del formaggio e mezza brenta di vino... Ho sete, ho fame... Spazzacamino...

Quasi tutti assaggiarono il formaggio pro forma, e solo per rendersi più abili a bere. Alcuni non poterono mandar giù un boccone. Solo Protaso e Gregorio ne fecero un buon striscio.

Cantiamo... La serva va in cantina.. E il prete...

- Auff... Andiamo a fare la serenata... Non si resiste più qua dentro esclamò il bel Rolando.

Rosina vieni abbasso
È un'ora che son qui...

Andiamo! concesse Ambrogione ma si portino con noi i viveri.

Uscì nel cortile; sollevò una carrettella di sotto la travata, vi aggiogò il carbonaio e il fabbroferraio.

Vi caricò la spinetta, un canestro di bottiglie, un altro di vivande, una mezza tinozza di vino... Allons! marchons Partons pour la gloire et pour la Syrie.

Il denso silenzio campagnuolo era rotto da quel carriaggio di briaconi notturni.

Tutti si guardavano le pance illuminate dal chiarore della luna.

Arrivati sul sagrato, videro la piazza colma, bianca, di quell'uniforme luce lunare, a cui faceva da nera sponda l'ombra dei tetti e dei balconi.

Ambrogione si fermò a pensare, inorecchito come presentisse dell'acqua, e poi disse: Io non ho paura, so nuotare.

In un baleno si spogliò; e tenendo in bocca il fagotto degli abiti, traversò la piazza a nuoto asciutto.

Il seguito col carro gli corse dietro come a Faraone nel Mar Rosso. Infatti il grido del dottore fu: Viva Mosè in Egitto!

Raggiuntolo dall'altra parte, il bel Rolando si permise di dirgli: Signor Ambrogione, sarà meglio andare a casa...

Vai tu, piccirillo!... Va' a pigliare la poppa...

Con qualche fatica il gigante cotto riuscì a rivestirsi, dopo aver provato invano a mettersi uno stivale in testa. Trasse in disparte il bel Rolando, gli pose in mano una chiave, e gli sussurrò:

Va' tu con mia moglie.

Al giovinotto la voglia di profittarne fu cacciata dalla certezza che l'indomani sarebbe stato pugnalato. Balbettò:

No... no... grazie!

...Come? Grazie!...

Il bel Rolando si sentì livido da una guardata velenosa nel collo...

Ho sete!   ricominciò Ambrogione... E faceva stappare delle bottiglie...

Era il tocco dopo la mezzanotte; al rumore dei tappi che saltavano via, si unirono i ventiquattro rintocchi dei morti. Passò per la testa di Ambrogione più chiara una torbida idea.

Il medico disse:

Adunque facciamola questa serenata.

Allora tutti si volsero verso il balcone della stanza, dove dormiva la figliuola del Sindaco.

Il medico salì sul carretto a martellare la spinetta... Ambrogione allargava e rinchiudeva poderosamente il mantice della fisarmonica, l'organista inviperiva sul violino, il bel Rolando faceva vibrare mestamente la chitarra. Tutti cantavano il coro della Mascherata dei quaranta pagliacci, che si adattava da per tutto:

E la bella Borghezzese
Sarà sempre il mio sospir.

Adesso andiamo in barca   sentenziò Ambrogione, come un lucido dirizzone l'avesse preso; e avviò i due bipedi aggiogati al carretto sulla strada che conduce al torrente Borghera.

Quando si trovarono un po' dilungati dalla piazza, si accorsero che il dottore ed i suoi partitanti si erano squagliati.

Vigliacchi!   borbottò Ambrogione...   Ma, tanto d'avanzato!... Berremo tutto noi.

È vero!   approvò l'organista, tremolando fra la paura e il freddo.

Quando giunsero in riva alla Borghera, Ambrogione sventrò come un bombardone un interminabile euhpp! per svegliare il barcaiuolo nella chiatta.

Impaziente, assaltò egli stesso una barca e snodò la fune che la legava ad un piantone.

Quindi invitò i suoi seguaci ad accompagnarlo in barca.

Vedendo che il barcaiuolo, svegliatosi, si era messo al governo del timone, molti si affidarono di accettare l'invito.

Ma l'organista rifiutossi.

Ambrogione lo scosse e ordinò ai bipedi del carretto:

Bipedi, gettatelo nell'acqua.

L'organista s'inginocchiò sul ghiareto.

Pareva una scena di sacrifizio umano. Dove l'onda era crespa, la luna faceva succedere un movimento di carta dorata, e inargentata; e dove l'acqua spaziava liscia, si appozzavano splendori. Qua e là guizzavano larghi nereggiamenti, come schizzi immani di seppia. Nevicavano i fili d'erba sulla riva; la ghiaia imbruniva nei contorni morbidi dell'ombra, e mandava qua e là scintillamenti ossei.

Ambrogione si mise a ridere, e si contentò che l'organista rimanesse a terra, purché suonasse il violino in ginocchione.

La brigata in barca si versò da bere; e poi cominciò a cantare e a suonare.

Dalla sponda l'organista la accompagnava raspando il violino, genuflesso come un condannato a morte.

La musica sull'acqua faceva un effetto magico; diventava più fina, più trasparente, più godibile... Pareva trasmessa per mezzo del telefono da un paradiso incarcerato nel centro della terra.

La ripercussione delle onde sonore sulle onde liquide era un incanto... Le fantasie logore dei poeti avrebbero ridetto che i venti, i quali passeggiano sui fiumi, sostavano innamorati sull'ali ad ascoltare, e i pesci boccheggiavano le armonie a fior d'acqua.

Ambrogione spicciativo, brutale nei suoi capricci, quietò appena cinque minuti in barca, poi fissando un nero cespo di ontani sulla riva lontana, ordinò che si ritornasse a terra. Là annunziò solennemente: Andiamo a fare una serenata ai morti. Poi verrete a casa mia a mangiare il cardo con la salsa calda e i tartufi.

Nessuno gli rispose di sì.

Anzi l'organista, assunto un coraggio apostolico, da uomo di chiesa con annesso stipendio, disse: No... Non va bene... È una profanazione... I nostri vecchi...

Ma Ambrogione minacciò: Vi dico che verrete con me, dovessi spingervi innanzi a colpi di revolver. Protaso, al pari del resto della brigata, ammutolì. Tutti camminavano, come la biscia all'incanto. L'organista non vedeva più splendere la luna, fuorché sulla punta delle sue scarpe.

Ruminava in mente il modo di evadersi: pensava e ripeteva: Ah! se fossi rimasto a casa, chiuso col chiavistello...

Ritrovandosi sulla piazza considerò che poteva con una stranezza minore evitare la maggior pazzia di Ambrogione, e gli propose: Se andassimo a far la serenata sulla punta del campanile!

L'idea non è cattiva...

Io so dove sta la chiave... È qui.

Pigliala subito.

L'organista, tosto levato un mattone da una buca presso la finestra del campanaio, vi trovò la chiave del campanile. Ambrogione si caricò sulle spalle la cesta colle bottiglie rimaste, e cacciandosi innanzi il bel Rolando e l'organista cogli strumenti, salì poderosamente le numerose e ripide scale legate l'una in vetta all'altra nell'interno della torre. Egli era così rigoglioso che pareva il succhio sanguigno di quell'albero in muratura. Giunti nel castello delle campane si affacciarono al firmamento. Che dominazione!

Alcuni cortili di case, che da basso figurano in lontananza fra loro, qui parevano essere proprio riuniti sotto gli sputi dal campanile.

Ambrogione guardò fieramente nel cortile di sua casa, quasi schiodando colle pupille le impannate della stanza coniugale. Era scuro; sua moglie dormiva... Egli rapidamente si tranquillizzò.

Ho sete... Come si deve bere bene qui sopra in excelsis Deo!... Ci deve essere ancora nel canestro un'ala di pollo... Adesso... soniamo...

Le ondate sonore si diffondevano spaziose, quasi arricchivano di forza i lombi dei suonatori; e ad un tempo un senso di benessere igienico, estetico, alleggeriva, sollevava, rassicurava tutti.

Finita la prima suonata, l'organista si accorse che gli altri della banda non lo avevano seguito.

Ambrogione guardò in giù, e vide ch'era sparito anche il carretto colla spinetta.

Manigoldi!

Poi si ritornò a suonare...

Un ampio fremito ondeggiava intorno. Sbucò un gufo spaventato e strisciò come un velluto ombroso sulla testa di Ambrogione.

Alt! disse egli con voce da capitano di nave. Quindi con entusiasmo d'oratore ubbriaco: Andiamo al cimitero.

L'organista, scendendo per le scale, avrebbe voluto rompersi il collo, pur di non seguire Ambrogione nella sacrilega impresa.

Ma, a farlo apposta, si trovò in istrada saldo e netto sulle gambe.

Si ricordò un'altra volta, che gli altri si erano discostati; e questa solitudine gli aumentò il terrore.

Ambrogione se lo cacciava dinanzi a piattonate nella schiena e a pizzicotti nei fianchi. Osava persino minacciarlo barzellettando: Se non trottate, vi rovescio addosso il campanile, e vi... schiaccio...

Il bel Rolando andava di per sé di buon portante.

Quando si fu fuori del paese, all'organista si piegarono le gambe. Camminava ginocchino come un prigioniero sfinito.

Comparve il viale del camposanto.

Protaso assalito da un brivido non trovò altra ripresa fuorché addossarsi ad un albero colla testa penzoloni.

Ambrogione vincendo la ripugnanza di accostarsegli, si mosse ferocemente per ghermirlo, e staccarlo dall'albero:

Troio!

L'organista si difese col sonare il violino, traccheggiando in tutta la persona.

Ambrogione ne fu disarmato, colpito da un'idea.

Pitocco! Sta' pure lì; e suona. Ma non cessa dal suonare... se no, ti fulmino con la pistola.

Protaso seguitò a suonare, come l'avesse morso la tarantola. Sfregacciava con l'archetto nell'impugnatura, e quando arrivava le corde sul cavo armonico, mandava raspature gemebonde, sdruccioli, guizzi di note che facevano rizzare i capelli: sonava ripiegando a pancia, come un soffietto, rompendosi, curvandosi, aprendosi come un compasso; si alzava, si torceva come uno spirale, traboccava in singulti, come se recesse secco sopra un invisibile leggio.

Ambrogione e il bel Rolando continuarono il cammino da soli.

Ad un tratto quest'ultimo si sedette sopra un paracarro.

Che? anche tu?... ti ballano i morticini davanti li occhi?... O temi che venga Caterina dalla Maternità di Torino a tirarti i piedi, o la bionda Nina al cimitero di Vercelli?... Piangi?... Devi suonare, suonare... su, via, alzati! dico... Veniamo ai voti fra voi due. Che dici? Bestia! pari e dispari... Non ti muovi? Sei freddo come un marmo? Devo seppellirti...? Su, gratta la chitarra...

Il bel Rolando con la mano tronca, febbrile, trovò il coraggio di straziare un accordo.

Ambrogione tranquillossi.

Bravo! stai lì... lascerò dietro due colonne vive, di musicanti, dico musi... cani... Fermi...! Olà!

Quindi con l'impeto di un masnadiero e collo sgarbo di un orso prese d'assalto il muro del cimitero.

Ritto sulla vetta, quel truce gradasso dominava nella notte.

Dentro il camposanto scintillavano le croci intagliate nel chiarore lunare, quasi armi apparecchiate per combatterlo.

Egli allargò spaventosamente la fisarmonica con un muggito interminabile, come se aprisse un abisso di sonorità sotto il pedale di un organo stregato. Quindi la rinchiuse con un soffio da smorzare la luna e l'intelligenza. Poi si diede ad agitarla, divincolarla con una frequenza di movimenti di su, di giù, nel mezzo, cagionando tremolii concentrici, cicalecci di vecchie sdentate, civetterie rabbiose, sospiri strozzati, lordure musicali, stomachevoli. In un punto si sentì passare un cane vicino all'orecchio, e poi sollevarsi un cespo nero dentro il camposanto.

Saltò a capo fitto nell'agone.

Era una mischia orribile. Aveva contro di sé tutti i morti... C'erano le nonne che lo minacciavano con le rocche; tutti i parroci, di cui si legge l'iscrizione nel corridoio della parrocchia, lo allontanavano coll'aspersorio. Don Beltrame Coraglia gli buttava gocce roventi... Contadini, spose di duecento anni fa, gli si avventarono contro colle unghie ricurve... Gli innocenti tentavano di fustigarlo colle verghe. Si chiudevano vecchie tabacchiere; sentì scricchiolare il pettine della sua povera mamma sotto la pesta sanguinosa.

Scoppiavano fragorosamente i cadaveri nelle tombe... Colonne di fuoco gli ballonzolavano attorno, ed egli, orribile clown funereo, combatteva contro tutti col soffio della fisarmonica.

Correva, rinculava, avanzavasi all'impazzata, spingendo, ritraendo, agitando lo strumento, come dovesse purgare ogni angolo col vento e collo strazio della sua musica.

Ma fu sopraffatto... Gli furono addosso le conocchie, gli aspersori, le unghie... lo ardevano i fuochi... lo strozzava il fetore, lo impacciavano le vesti, lo impauriva, assordava il fragore tumultuante degli scoppi cadaverici... tutto lo toccava, lo forava, lo opprimeva... Sentì sotto le piante il petto tenero di un bambino mortogli nelle fasce. Balzò in aria, e si scatenò verso il muricciuolo. Ne guadagnò la cima, lasciandovi l'impronta di due guanti sanguigni. Ululava, ululava così tremendamente, che i boari levatisi alle due antimeridiane per dare il fieno nelle stalle, recitarono un De profundis.

Nessuno seppe precisare quanto egli abbia corso. Lo si poté congetturare il giorno dopo, quando si trovò l'impugnatura della fisarmonica dentro il cimitero e la carta rossa del mantice a un miglio di distanza, e un vaccaro scoperse poi le linguette e le molle d'acciaio, e i bottoni di porcellana sotto il fogliame in un bosco a un altro mezzo miglio di lontananza. Egli fu rinvenuto al mattino sull'orlo di un fosso, coi calzoni spalmati di fango, la giacca a brandelli, il petto scoperto, scalfitto e intriso d'erba fra la neraggine irsuta della pelle, la faccia chiazzata e logora come invecchiata, la schiuma alla bocca, gli occhi lividi e ingigantiti, i capelli pesti e insafardati di letame, ma tuttavia con un anelito da Mongibello.

L'organista venne immediatamente licenziato con un motivato verbale del Consiglio comunale e della Fabbriceria della parrocchia, e dovette risalire in un paesello di montagna per raccattarvi polenta e castagne tanto da poter campacchiare senza la sicurezza di scoprire un altro tesoretto musicale del maestro Caronti.

Stavolta anche il bel Rolando fu proprio costretto a sloggiare dal suo nido; ossia venne esiliato dal paese, come ne ragionano le vecchie, quando fanno il pane al forno.

I maldicenti invidiosi suppongono, che egli faccia da forza armata e protettrice a una famosa mondana d'ambasciatori. Invece i suoi parenti annunziano (ed è la verità) che, dopo avere lavorato al Gottardo è disegnatore in un'officina a Londra, e si fa onore e manda giù buone notizie con vaglia internazionali.

Perciò la compagnia del Santo Cordone assicura che egli ritornerà presto in paese per erigervi una nuova cappella in suffragio delle Anime.

Il dottore dovette penare per guarire Ambrogione, molto più che non abbia faticato allora, quando il camallo si era rotta una gamba sullo stradone. Non potendo il grosso cottimista pei suoi interessi e per la famiglia abbandonare il paese, sentì con molta amarezza sopratutto per riguardo alla moglie e alle sue creature una terribile notificazione fattagli dal Parroco: "Ambrogione, siete irregolare! Siete incorso nella scomunica maggiore!". Per farsela togliere, il cottimista spinto dalla moglie, egli già così fiero, accettò la penitenza canonica di girare a porte chiuse quattro volte intorno all'altare, come un ciuco stangato e ricevette poi veramente, dal Prevosto, parecchie bastonate sulla testa e sulle spalle con accompagnamento di parole latine ed acqua benedetta.

Il suo personone di orso domato soffrì un gran ribasso; non frequenta quasi più l'osteria, dove il dottore per un po' di tempo imperò esclusivamente, e poi scadde anche lui di moda essendosi sbandata anche la sua clientela dei frottolisti.

Appena si parla di musica e di morti, al povero Ambrogione si imbrusca e si intenebra la faccia.

GIOVANNI FALDELLA

di Carlo Rolfi

[Questo saggio di Rolfi costituiva la Prefazione all'edizione Perino, Roma 1884, di Una serenata ai morti.]

Nel 1873, i pacifici lettori della "Gazzetta piemontese" di Torino furono repentinamente scossi da una prosa singolare, dagli atteggiamenti stupefacenti dai paragoni inaspettati, seminata di piemontesismi, piena zeppa di parole disusate, per le quali occorreva il Vade Mecum o la stella polare del Glossario, a fine di poter tirare avanti nella lettura; una prosa mossa da una fresca vena di allegria, ma rude come una ventata, come un colpo di doccia. Vi assurgevano periodi di questa fatta: "Le montagne del Tirolo paiono morbide, minchione, così soffici che gli angioli non s'ammaccherebbero le costole cascandoci su...".
"Le case di Monaco sono pompose verniciate ad olio e paffute, tanto che faresti forcella delle tue dita alle loro gote, hanno vetri lucentissimi e convessi, forse occhiali applicati alle finestre...".
Davano il mal di testa, l'incapacciatura, l'incontro di certe espressioni, come imbucatarsi, romio, abbicarsi, galloria, poccioso, far tarisca e simili, e l'incontro di certe frasi locali come questa applicata alle Kellerine di Monaco: "dimoranti fra Settimo e Brandizzo in punto di bellezza" per significare un termine di mezzo, ossia né belle, né brutte.
Tali frasi e periodi spiccavano come addentellati di nuove costruzioni strane fra la prosa politica, economica, commerciale, bancaria, che l'on. deputato C.F., direttore della "Gazzetta" in quell'epoca, ammanniva alla tiepida e giulebbata beatitudine de' suoi agiatissimi lettori. Onde questi allo scattare battagliero di quello scrivere nuovo, sussultarono indignati come gatti scottati da un piatto traditore; e fra essi vi fu perfino chi disdisse l'abbonamento al giornale! Ma, per converso, se ciò succedeva ai vecchioni insofferenti di ogni nuovo tentativo letterario, - nel frutto bizzarro, aspro ma tonico, morsero i giovani con entusiasmo, ristucchi quali erano dall'eterno annaspare delle frasi fatte, convenzionali, senili, piatte, e dei motti proverbiali esauriti, a cui soltanto si riconosceva il diritto ufficiale di adagiarsi in una prosa onesta, degna di cresima, assoluzione ed altri sacramenti.
Quegli articoli rivoluzionari, che sorgevano a battaglia nell'antico giornale del Piemonte, intitolavansi pittoricamente: Una gita a Vienna col lapis, ed erano firmati Giovanni Faldella, nome codesto noto allora solo a pochi giovani caldi d'ispirazioni letterarie in più ossigenato e libero ambiente, ed ai frequentatori della società Dante Alighieri, istituitasi qualche anno prima in Torino, ed incubatrice avventurata di nuove e più spiccate individualità artistiche.
La gita a Vienna col lapis terminava con una mossa originale; cioè con la seguente autobibliografia che i vecchi lettori della "Gazzetta piemontese" dovettero giudicare il colmo dell'impudenza letteraria.
"Queste furono le mie note a lapis, che io ebbi la debolezza di comunicare al pubblico.
"Ed esso che cosa ne dirà?
"Niente - perché il pubblico non legge mai la prima stampa di un nome nuovo: onde tanto farebbe riempirla di parole estratte a sorte da un cappello. Quindi per questa volta sono costretto a farmela da me stesso la bibliografia. Eccola:

18

"Vocaboli del Trecento, del Cinquecento, della parlata toscana e piemontesismi: sulle rive del patetico piantato uno sghignazzo da buffone: tormentato il dizionario come un cadavere, con la disperazione di dargli vita mediante il canto, il pianoforte, la elettricità e il reobarbaro...

"Così seguiterò finché avrò carta e fiato; tale è il mio stile, come venne ridotto dal mondo piccino e dai libri grossi".

Ma per rendere evidenti i pregi di tale opera, che pubblicata poco dopo in volume, risollevò d'un tratto più vibrate antipatie e simpatie, basti citare quanto ne scrisse allora nel "Secolo" di Milano il buon vecchio Eugenio Camerini; ed una lettera diretta al Faldella da Giosuè Carducci, lettera che venne pubblicata nelle "Serate italiane" del Molineri nell'aprile del 1874 - Camerini scriveva:

"I Reisebilder di Giovanni Faldella non hanno certamente i pregi di quelli di Enrico Heine, ma una certa aria di parentela che attrae. V'è il sentimento della natura, l'acume di penetrare nel cuore degli uomini, la finezza di osservare i costumi e la maestria d'esprimere quanto l'intelletto vede e l'anima sente. Di una gita all'esposizione di Vienna ha fatto un libro che non spiacerebbe a Sterne. Egli ha una tavolozza ricchissima e non ha letto solamente il dizionario del Fanfani, come alcuno consigliava, ma ha studiato i buoni autori e specialmente i Toscani, tra i quali ha invidiabile disinvoltura, e ha saputo appropriarsene il buono senza cadere come altri nell'idioma

Che pria li padri e le madri trastulla.

"Altri riducono la lingua toscana al gergo delle bambinaie, al pappo e al dindi come diceva Dante".
Ed il Carducci:
"Mio signore. La ringrazio (e chiedo scusa se tardo) della Gita a Vienna; dono suo carissimo; che ho letto con tanto piacere e dato a leggere a qualche amico giovane.

"S'io non m'inganno, Ella ha da natura la potenza di rappresentare con verità ed efficacia; ha dalla stessa sua potenza il sentimento ed il giudizio (che gli impotenti non hanno) del come, a riuscir poi bene in effetto, ci vuole meditazione e studio e fatica vera di applicazione su certi libri che non son poi di leggera lettura...: ha dallo studio assai virtù e qualche difetto.

"Io non condanno la mescolanza dei piemontesismi coi toscanesimi, io credo con Dante e con i veri filologi e coi retorici veri che nel fondo dei dialetti, chi sappia cercarlo, trova l'accento e il colorito della gran lingua italiana popolare e classica.

"Ma Ella ha (dolce e invidiabile colpa) difetti di giovane; aggruppa, condensa, epigrammeggia un po' troppo: certe sue pagine paiono cataloghi di bei motti, o di eleganze classiche, o di ardiri popolareschi. Ma molte altre sono miniate, disegnate, scolpite, tornite, finite come io vorrei fosse sempre la immaginosa e giovenil prosa italiana. A ogni modo, ove Ella anche, a parer mio, pecca, pecca per altro sempre da buon italiano: che è molto bene...

"Coraggio dunque e avanti...

"E voi, giovani cari, sarete bravi, buoni, liberi e onesti. Seguiti a meditare, a osservare, a studiare, caro signore: e scriva non moltissimo, e, scrivendo, faccia un po' più di aria fra le sue parole...".

Questi giudizi autorevoli come nessun altro, e meritati, devono avere largamente compensato il Faldella della critica severa, acerba, non sempre spassionata che gli mossero in tempi diversi parecchi giornali umoristici, il celebre grammatico piemontese abate Perosino nel giornale scolastico "Il Baretti" ed altri giornalisti, più o meno sacerdotali, in giornaletti di provincia.

Il caso occorso a Giovanni Faldella coi lettori della "Gazzetta piemontese", doveva rinnovellarsi, l'anno appresso, con quelli del "Fanfulla".

Nel 1874 appunto, il giovane scrittore mandava al giornale romano i suoi nuovi Reisebilder, cioè quelli di Geromino sindaco di Monticella: e li intitolava amenamente con un motto proverbiale Viaggio a Roma senza vedere il papa. Lavoro questo inzuppato di sano umorismo italiano, e ricco di osservazioni finissime, e salienti nella festevolezza inarrivabile e scoppiettante delle frasi.

Esso piacque, segnatamente alla clientela maschia del giornale; ed eguale accoglienza ottenevano le caratteristiche corrispondenze che egli, in quel torno di tempo, mandava da Torino al "Fanfulla" stesso firmandole Pofere Maurizie: onde fu con frasi mirifiche che di lì a poco la direzione del giornale dava l'annunzio della prossima pubblicazione di un nuovo lavoro del Faldella, Un serpe. Storielle in giro, strombettando che d'allora in poi l'appendice del "Fanfulla" si sarebbe innalzata ad altezze vertiginose ed inesplorate.

Ma contrariamente ad ogni previsione, dopo tre sole appendici il romanzo rimase in asso; e dal giornale, per necessaria logica di fatti, scomparivano simultaneamente le corrispondenze di Pofere Maurizie, a cui succedeva, nella carica, l'avv. Vitale, che assumeva il pseudonimo foscoliano di Jacopo.

Quel cambiamento a vista era successo per cagione di talune lettrici del "Fanfulla", delicate oltre la misura, e troppo use alla proverbiale eleganza di Fantasio, al discreto pettegolezzo parigino di Folchetto, alle riguardose scollacciature di Neera, e ai chlichés concernenti una mezza dozzina di signore della haute che, colle loro acconciature e cogli abiti trinati, vellutati, profumati, e tagliati da Wort o dalla Tua, ritornavano, regolarmente come le fasi della luna, a rimpolpettare la rubrica conservatrice intitolata High life. Siffatte lettrici del "Fanfulla" che pure avevano sopportata la gioiosa meraviglia del sindaco Geromino nel corpo del giornale, protestarono poi, strillarono contro il Serpe in appendice: protestarono, strillarono contro quella insolente freschezza di salute paesana, contro quel gorgoglìo insolito di frasi audaci, senza leccature melliflue.

Poverette!

Battistina, un bel pezzo saldo di ragazza fiorente, dalle guance colorite come una mela appiuola, esuberante di salute e di letizia; il medico Giannozzi, suo padre, devoto adoratore del bollito cotto a punto, che tirava via fra la gaiezza provinciale del paesaggio monferrino, cavalcando la sua brava mula, detta la Giggia, dall'allegra sonagliera, - urtavano, sconquassavano troppo i loro sentimenti di eleganza convenzionale, il romanticismo sciroppato del loro cuoricino: onde erano parate a gridare shocking! come le zitellone inglesi.

E la direzione piegavasi ossequente alla gentile volontà femminea, alla vezzosa e profumata turba di leggitrici, onde onoravasi il giornale cavaliere.

In seguito, allorché ad un redattore del "Fanfulla" accadde di raccattare, nel compartimento di un carrozzone di ferrovia, un numero del "Caffaro" che recava in appendice un bozzetto del Faldella, quel redattore si divertì, per sfoggio di umorismo, a cincischiarne alcuni monconi di periodi barbaramente. Allora l'antico Pofere Maurizie, giustamente irritato di quell'operazione, ripicchiò a dovere sulla "Gazzetta piemontese letteraria" il crudo umorista che non rispose più colpo.

Nel frattempo, il Faldella, disgustatosi della letteratura giornalistica, in un momento di umor nero, accettò l'invito che gli veniva fatto di riprendere l'avvocatura, come collaboratore in uno dei primari uffici vercellesi di cause civili. E per un mesetto egli allora disputò davanti al tribunale civile di Vercelli; disputò di sortumi d'acqua, di vizi redibitori, e di separazioni coniugali, comprimendo le aspirazioni artistiche turbinose che gli avvampavano sempre per la mente feconda; ma non passò gran tempo che egli se ne ritornò al villaggio natio, nemico definitivo dell'avvocatura. Un chierico con vocazioni secolaresche che butta il collare alle ortiche, un prigioniero politico, che saluta coi liberi tacchi il selciato della patria libera, sono immagini sbiadite per rappresentare la felicità del bozzettista, che ha dato addio ai codici ed alla toga, riprendendo gli antichi amori artistici.

Imperocché non era stato nella "Gazzetta piemontese" o nel "Fanfulla" che egli aveva iniziate le sue prime avvisaglie artistiche e i suoi primi studi letterari.
Nel 1865, allorché era studente di legge all'università di Torino, aveva cominciato a pubblicare nel "Novelliere della Domenica" del Pietracqua un suo discorsetto: La festa di Dante, estratto da un imparaticcio di commedia inedita, poiché egli in quell'epoca andava scrivendo commedie e poesie italiane e piemontesi che riservava agli amici. Nel 1868, conseguita la laurea, si era inscritto nell'ufficio dell'avvocato deputato Luigi Ferraris, che poi divenne ministro dell'Interno, sindaco di Torino, conte, senatore ecc. Ma in quello studio, mentre sfiorava con parsimonia qualche fascicolo di liti, si regalava sovratutto colla lettura di libri di filosofia, di storia e curiosità giuridiche, scartabellandovi con un che d'intuizione dell'avvenire gli atti del Parlamento.
Nel principio del 1869 egli, in unione coll'avvocato Muggio, con l'ingegnere Mora, e col prof. Coggiola, fondava in Torino un giornale letterario: "Il Velocipede, Gazzettino del giovane popolo". Il quale sia nella forma, sia nell'indole, mostrava apertamente di procedere in retta linea dal "Dagherotipo", il giornale brofferiano del 1840.
Giovanni Faldella, in omaggio al titolo d'attualità, onde aveva decorato quel suo foglio, vi assunse il meteorico pseudonimo di Spartivento; e a malgrado dell'audacia di quel battesimo, vi svolse una prosa sempliciona a contorni ristretti, piuttosto secca, puristica e giustiana; poiché del Giusti egli era assai nutrito, e, scrivendo, non lasciava per anco intieramente libero adito alle originalità della sua mente.
Ed il Mora, il quale ora è un fortunato costruttore di case e di teatri in Roma nuova, dove informa con venustà plastica i suoi ideali artistici, vi pubblicava contemporaneamente briose spumeggiature carnevalesche e la Dinamica del Velocipede, curiosissimo lavoro, testo dei velocipedisti.
Il "Velocipede" dilettò per qualche tempo i buoni torinesi che si compiacevano di quel titolo, essendoché allora essi amavano assai il vedere di notte, nei larghi viali della città, spuntare d'improvviso nell'ombra, passare e sparire come razzi, come lucciole impazzite nella ventata di un turbine, le lanterne dell'economico e rotatorio bucefalo venutoci in voga.
Ma l'entusiasmo nei fondatori andò presto evaporando, ed il giornale via via si faceva clorotico; cosicché si pensò di cederlo all'avvocato Nicetti, ferace ingegno e temperamento generoso da letterato estemporaneo e transitorio, il quale trasformatone poi il titolo, forse rimase in dubbio se dovesse farne l'organo didascalico della democrazia, o piuttosto l'organo ufficiale scientifico della pollicoltura italiana pei gentiluomini di campagna.
Della prosa, che il Faldella scodellò su quel giornale, doveva in processo di tempo galleggiare e conservarsi un solo frammento a cura del dottore Senatore Paolo Mantegazza, il quale lo raccolse e lo dispose con evidente compiacenza, in uno dei suoi celebrati almanacchi, ad illustrazione del Ratafià di Andorno, gloria di quella terra come Pietro Micca.
Intanto il Faldella si era inscritto alla fiorentissima società Dante Alighieri, che allora raccoglieva in Torino quanti giovani d'ingegno sentivano la nobile smania di calmare le inquietudini intime e primaverili nella libera espansione e discussione d'ogni idea artistica, scientifica e letteraria. Quella società era sorta in Torino nel 1864 per iniziativa degli studenti del 3° corso del liceo Cavour - e si era successivamente accresciuta di matricolini universitari, sicché dalla sala dei primi tempi (all'ultimo piano della casa che sta di fronte al palazzo di Carignano) poté trasportare la sede nell'ampio Anfiteatro di Chimica. Ne furono promotori, Cerri, Nizza, Palberti, Cesare Nani, G. C. Molineri, Giuseppe Sarti, Luigi Guelpa, Galateo, Felice Maissa e Roberto Sacchetti, e ne fu presidente

per tre volte Pietro Delvecchio, il quale dirigendo quei tumulti di verginità intellettuale seppe formarsi quello spirito cortese, facile e destro e quel sorriso duttile che ora lo accompagna e lo rende simpatico nella scabrosa vita parlamentare. Nella Dante fecero le prime prove d'eloquenza Federico Pugno, Benedetto Marsano e Ernesto Pasquali - ed ivi Giuseppe Giacosa fece udire i suoi primi versi, fra cui la Cantica sul Materialismo, declamandola con una sonorità drammatica sentimentale, che sollevava l'entusiasmo.

Ivi Giovanni Camerana, severo ed ardente cultore di arte e di poesia vi scandiva tragicamente i suoi versi cesellati.

Quanto quei giovani fossero appassionati sinceramente dell'arte e della letteratura, si può arguire dal seguente aneddoto che Giacosa raccontò in una lettera al Capuana pubblicata dal Risorgimento di Torino, e che il Capuana raccolse nei suoi studi di letteratura contemporanea.

La Dante, cedendo alle proposte de' soci più seri, aveva cominciato a discutere alcuni problemi scientifici, sociali, immaginosi, ecc. come il materialismo, lo spiritualismo, la riabilitazione della donna ecc. In fine della discussione si votava la tesi. Una domenica del 1871, al tempo della Comune di Parigi, racconta il Giacosa "si stava per votare, quando entrò nell'aula uno dei poeti, un finissimo disegnatore e coloritore di paesaggi in versi, ora grave e rigido magistrato (il Camerana), il quale, intesa appena qualche proposizione, più pallido e con voce più cavernosa del solito, tenendo in mano un dispaccio telegrafico, tremando per un'emozione profondissima, vibrò queste parole: "Mentre noi diciamo delle corbellerie, bruciano al Louvre i capolavori di Rubens e di van Dyck".

Fu un affare finito e non si votò più nulla.

In quella folla di giovani, Giovanni Faldella riuscì presto uno dei più notevoli e dei più notati.

Alle adunanze pubbliche domenicali che si tenevano dalla Società, interveniva la parte più colta e più curiosa della cittadinanza torinese, a cui piaceva la letteratura; intervenivano assai signore e signorine, forse mosse essenzialmente da simpatie per quella scapigliatura di turbolenti autori in erba.

Il Faldella, in una di quelle adunanze, sorse con Antonio Galateo, anima fervida e gentile di oratore lirico, a difendere i romanzi del generale Garibaldi; e poiché nelle adunanze successive l'avvocato Pugno e Giuseppe Giacosa parafrasando ed esaltando una critica di Vittorio Bersezio contro i predetti romanzi, vollero confutarne la difesa, il Faldella replicò loro con ampollosità quasi umoristica di pensiero patriottico. Egli sostenne che il genio ha una potenzialità universale, quantunque in alcune parti possa difettare per mancanza di applicazione e di preparazione.

"Davanti ad un uomo grande - egli sostenne - non dobbiamo dimenticare la sostanzialità dei suoi meriti principali. Rimpetto a Garibaldi non siamo pubblico o critici davanti ad un autore, ma soldati e correligionari davanti ad un condottiero e ad un pontefice che deve tuttavia guidare la sua nazione alla sacra meta di Roma. Quindi per nessun modo dobbiamo diminuirne il prestigio.

"Se l'eroe, dopo aver compiti fatti grandi e magnifici, vuole ancora rivolgerci generose ed amorevoli parole, noi accogliamole con affetto e riverenza, ancora che non le troviamo vergate con le seste o misurate sulla lavagna. Teniamole in serbo e guardiamole gelosamente come la prima lettera di una sorella, l'ultimo scritto del babbo, o il ricordino di nostra madre...

"Se Garibaldi dorme qualche volta nei suoi romanzi, aliquando dormitat Homerus. Io penso che Garibaldi possa riposare di santa ragione, senza che altri lo mandi a letto... Quando Egli entrò liberatore a Napoli prendendo stanza nel palazzo d'Angri, un'immensa folla si accalcava per visitarlo ed acclamarlo. Si annunziò a quella folla che il Generale stanco dormiva. Immantinenti la folla si ritrasse indietro; e tutti camminarono sulla punta dei piedi; e pareva si fosse formato per lo spazio di una lega un circuito di silenzio intorno al Generale, che dormiva".

E conchiudeva fra uno scroscio d'applausi:

"Lontani mille leghe da lui imitiamo anche noi quel riverente silenzio".

Il discorso veniva tosto riprodotto dal "Velocipede".
In questa stessa epoca il Faldella, oltre le letture sciorinate alla Società Dante Alighieri, smaltiva ad una Società democratica, L'Avvenire dell'Operaio, che si radunava in un sotterraneo di piazza San Carlo, alcune lezioni veramente libere. Tali letture e lezioni come: Il fine dell'uomo e il perché dei Carabinieri Reali, L'albero della scienza, La storia del mondo, Crescite et multiplicamini ecc. si trasfusero poi nelle Dicerie popolari che più tardi pubblicava sulle "Serate italiane".
In esse cominciava ad accentuarsi l'individualità artistica ed apostolica dell'oratore.
Ma l'apogeo fulgido della sua vita di lecturer doveva raggiungerlo alla Dante Alighieri con Vita ed Amore, controcicalata a una drammatica lettura sul suicidio fatta dal socio Michele Termidoro, robusto e nutrito ingegno, casellatosi poscia capo ufficio nelle strade ferrate dell'Alta Italia.
La lettura tragica di Termidoro, a cui aumentava la intonazione funebre il nome bizzarramente rivoluzionario del conferenziere, commosse talmente gli astanti che se ne volle il bis alla festa annuale della Società, riunione solenne, in gala, con accompagnamento di musica ed intervento delle autorità; ed il Faldella vi contrappose Vita ed Amore quale soavità di rorida speranza, che gli valse l'applauso affettuoso delle signore e signorine. Entrambi i dissertatori vi furono festeggiatissimi: Termidoro come baritono, il Faldella come tenore.
Della Società caratteristica questi veniva poscia eletto vicepresidente; ed in essa, cedendo a istinti salubri di allegria, con Giacosa, Molineri, Pugno, Galateo, ecc. egli si prestava a combinare stupende discussioni in versi martelliani. I moniti presidenziali, le scampanellate, tutto doveva essere in versi martelliani; anche le interruzioni. Ed il Camerana austero poeta, in una di quelle divertenti adunanze sorgeva, girava intorno lo sguardo aquilino, e dopo una pausa di aspettazione si rimetteva gravemente a sedere, sillabando come un Torquemada: "Non chiedo la parola!...".
Ma in quella fucina, fra la gravità non simulata di taluni momenti, nei quali sprizzavano pensieri alti e generosi, e la farsa acuta ed ironica, si temperavano pure saldamente molti fra i migliori caratteri e si snodavano alcuni fra i più elastici ingegni del Piemonte che ora onorino la coltura nazionale.

Nel 1871 il Faldella sparve da Torino per rifugiarsi nella sua nativa Saluggia e proseguirvi eremiticamente nuovi studi, osservando, mulinando e scrivendo; e vi fu eletto Consigliere Provinciale, sopraintendente scolastico, e si occupò a fondare una società artigiana con annessa biblioteca circolante, fino a che nel 1873 se ne andò alla Esposizione Mondiale di Vienna, donde la sua Gita col lapis.
In quell'epoca egli passando per Milano, conobbe Salvatore Farina, Emilio Praga, Arrigo Boito, Luigi Gualdo; e nell'avvicinarsi di quegli ingegni che si affiatavano a vicenda, senza nulla perdere delle proprie caratteristiche, si andava preparando miglior avvenire all'Arte della nostra giovane letteratura nuova.

In quell'epoca scarseggiavano i giornali letterari popolari in Italia; la maggioranza dei lettori volgevansi di preferenza ai lavori di Francia, poiché da noi punto o poco si produceva in fatto di letteratura facile ed amena. Per le biblioteche e per i gabinetti di lettura si posavano soltanto riviste dotte, mensili; riviste non scevre di pedanteria, riservate a scrittori troppo noti e maturi, dagli ideali defunti; schiave della tradizione, gravi di erudizione, esse non trovavano che pochi sonnecchiosi lettori. Mancava il soffio, il sentimento della modernità che rendesse la vita nuova, e soddisfacesse le menti avide dei giovani irrequieti in quella plumbea artificiosa atmosfera letteraria. Onde, quando il prof. Molineri fondava in Torino le "Serate italiane", con intenti più largamente popolari, esse si onorarono in breve della cooperazione di quanti nuovi ingegni scattavano fuori di squadro in Piemonte ed in Lombardia.

In esse il Faldella, che già aveva collaborato nella "Rivista minima" di Milano, cominciò a pubblicare le sue Figurine state scritte in parte qualche tempo prima in campagna, nella schietta freschezza dei paesaggi, senza convenzionalismo, con acuta osservazione ed intuizione della vita reale.

Carluccio Lord Spleen Dies Galline bianche e galline nere Sull'organo High Life contadina I fumaiuoli Gioberti e Radescki La figliuola di latte Un amore in composta Gentilina La vita nell'aia, vi passarono come zaffate di benefica aria frizzante, in uno schioppettìo di buonumore salubre, eccitando la curiosità dei giovanotti, e anche delle ragazze, ma di quelle non troppo artefatte e illanguidite dalla panna del romanticismo di convenzione. Erano scene, bozzetti di vera vita nostrale colta, appunto, oggettivamente; e odoravano come i paesaggi migliori della Sand, in Fadette, André, François le Champi.

Così spiccava meglio la singolarità dello scrittore; così mostravansi ad altro pubblico quelle originalità di frasi, quel paragoni violenti nella loro giustezza che dovevano rinnovargli smoderate critiche da un lato, accrescendogli dall'altro lettori allegri e caldi ammiratori: immagini e paragoni come: "... spira un freddo acuto che sa d'aceto" e "... il marchese diventò per la rabbia una frittata verde". Più largamente si spiegava la potenzialità del coloritore, e la facoltà di rendere con tocchi rapidi e precisi la realtà delle cose; come ad esempio, nei Fumaiuoli:

"... mi trovai nel salotto terreno, dove scopersi illuminata da una lampada, tutta la ripienezza e la felicità di una famiglia: un figliuolo deputato; un babbo cogli occhiali verdi e con la papalina da notaio; una sposa bionda e   lustra per la contentezza; una suocera tutta cuffia, tutta faccende, tutta gomiti; un cane pelliccione che indorava la sua lana ricevendovi dentro la luce del petrolio; un gatto tristo che rantolando studiava una marachella contra il cane nella divisione della broda; una gabbia di canarini e l'almanacco del Mantegazza".

Le Figurine, l'anno appresso, si pubblicavano in volume dalla Tipografia Editrice Lombarda; e di esse si occuparono assai i critici con brio e larghezza notevole di giudizi.

Vittorio Bersezio nella "Gazzetta piemontese" dell'11 ottobre 1875 dedicava loro un'appendice di forma maiuscola e vivace, e poiché ebbe reso omaggio all'autore riconoscendogli un'intelligenza eletta che si giovava di una capacità osservativa specialissima, d'un sentimento artistico non comune e d'una squisitezza concettosa di tratti degna della buona scuola del vero umorismo, che vanta a suo antesignano Sterne, ed a suoi più illustri campioni Heine, Gian Paolo Richter, Thackeray e Dickens, soggiungeva:

"La ragione dei principali difetti del Faldella è codesta appunto: di voler dipinger troppo, di volere colla parola rappresentare colori e sottocolori, tinte e mezze tinte, perleggiamenti di luce, effetti di chiaroscuro, ondeggiamenti di linee, tratti figurativi di uomini e di cose, che non sono nel dominio dell'espressione del pensiero che si giova delle lettere dell'alfabeto".

Ed Alberto Rondani scrivendo dello stesso libro nella "Gazzetta d'Italia" del 10 dicembre 1875 così si esprimeva parlando dell'autore:

"I suoi quadri sono di una diligenza ed accuratezza fiamminghe; ma come le tele fiamminghe e le scene lillipuziane di Meissonnier, fanno l'effetto del vero, sono anzi il vero tale e quale, e ne simulano le proporzioni".

Ed il Degubernatis nella "Rivista Europea" segnalava il Faldella come quegli che aveva il primo gran merito di non somigliare ad alcuno dei suoi valenti compagni in letteratura, e di far valere un proprio carattere: pittore, anzi ogni cosa, pittore efficace di quadretti di genere.

Ma per converso sorgeva l'avvocato V. G. Vitale a scaraventargli contro una critica veemente nella "Nuova Torino" del 9 luglio 1875, con la firma teatrale di Frou Frou.

Frou Frou, dopo aver chiamato nottate le "Serate italiane" e dopo aver annunciato che il Faldella avrebbe fatto uno studio profondo sulle oche della Lomellina, per riscontro alle galline e ai tacchini della Vita nell'aia, così lo giudicava:

"Faldella è convinto che la letteratura è un orologio. Sicuro; quando scrive fa come il meccanico ginevrino, il quale si adatta la lente all'occhio, cerca tutti i pezzi, li forbisce, li incastra, dà loro il colpetto di vite e poi mette l'orologio in vetrina.

"Egli razzola, come i suoi gallinacci, nei dizionari, ne cava fuori parole, parole e parole, quelle che fanno più rumore, che sono sentite a Torino e credo in Italia come vi son veduti i Cinesi; le appiccica insieme e dà loro un po' di lucido inglese. Se da quell'accozzamento, ne sbuccia fuori qualche idea, è un di più; tanto meglio; se no, in quel mosaico, vi caccia dentro la storia della nonna, del gatto, del cimitero, del villaggio, del tramonto, della luna, delle stelle, cose vecchie quanto Noè, e così lui ha fatto l'articolo, il libro, ed ha risposto allo scopo delle "Nottate italiane "".

Ma il Vitale con franchezza esemplare ebbe a ricredersi in seguito, ed in un articolo che firmava Jacopo, pubblicato sull'"Eco dell'industria" di Biella, nel numero dell'11 settembre 1879, dopo confessato il peccato di Frou Frou, scriveva:

"Devo proprio dire che Faldella è forse il primo della scuola piemontese a scrivere, e non lo sembra agli occhi di tutti, perché non lo vuole lui, e s'ingegna a non parerlo. Leggere un foglio staccato di Faldella, almeno uno di quei fogli che mi passarono sott'occhi alcuni anni, fa, è volersi chiamar addosso l'itterizia. Faldella è minuzioso come una monaca, elegante come un fraticello di Montecassino, capriccioso come una damina fresca di collegio. Infilza le parole come fossero perle, le allinea, le lustra, le invernicia, le ricama, le fa ballare, le strofina, le ingarbuglia, le mette in convulsioni, come se avesse lui la tarantola addosso, o meglio per vaghezza di veder tutto quest'arruffio di cenci in aria a sfregarsi e dargli il luccichìo, di cui è vago il suo occhio largo, delicato e fine.

"Faldella è un giocoliere espertissimo del dizionario. De Amicis ama la frase liquida, pura come un ruscelletto del Biellese...

"Faldella, meno maraviglioso pittore, è un osservatore gigante, che studia con coscienza la sua prediletta campagna, e le cose più volgari sa rendere splendide e piacevoli...

"La sua campagna è piena di luce, di chiassi, di voli, di profumi e di passioni; i suoi contadini sono vivi come i soldati dei bozzetti militari di De Amicis, ma più uomini, più veri, meno di maniera, meno languidi.

"Nuoce a questa magnifica virtù di ricreazione la passione che egli ha delle parole, e per cui, se non si pazienta un po' a tenergli dietro e ad acclimatarsi col suo stile, si finisce di essere ristucchi.

"Faldella adora la parola, non il dizionario, e ne conia. Per lui la parola è un suono, è una veduta, è un monile, e ne crea, senza paura, impipandosi della Crusca, fiero come un granatiere napoleonico. Quando lo si legge, si è costretti a raccomandarsi ogni dieci minuti al dizionario, e spesso vanamente, cosa che mette in bollore il sangue e dà il tetano a chi non è forte in pazienza.

"Sarà tutto puro e glielo consento fino a un certo punto, ma, anche Fanfani era purissimo, eppure le sue novelle mi sono costate più sudori, che la mezza traduzione fatta in versi di Lucano. È vero che Faldella ha un ingegno incomparabilmente maggiore al povero Fanfani, ma quella sua ricercatezza di parole, quella sua fabbricazione a ruota perpetua, quel suo rispolverare vocaboli usati, quel toscaneggiare che sa molte volte di becerume colto in piazza della Signoria, quel ricamare ragnatele sulla punta di un ago, è uno scapricciarsi da Sardanapalo, che non può sempre piacere al lettore.

Capisco bene che lui scrive per piacer suo, ma quando si stampa, non c'è malaccio ad esser meno ghiribizzosi e più temperanti nei propri gusti.

"La malattia delle parole in quell'ingegno così vasto, così ricco d'idee, che non ha l'uguale qui in Piemonte, lo fa cascare sovente in vere stramberie, in volgarità paradossali. È il ricco che butta sulla strada a manciate i brillanti, e nella furia lancia i libri, le vesti, la penna, il calamaio - e il suo vaso da notte!".

Meritava riportare integralmente questa smagliante bibliografia quale schietta e calorosa, cavalleresca ricognizione per parte di un antico avversario letterario, e poscia avversario politico; poiché siffatte dichiarazioni non si riscontrano soventi nel campo letterario sempre troppo propizio alle bizze ed alle invidie di mestiere.

Nel 1876 il Faldella per mezzo della Casa Editrice di Gaetano Brigola, pubblicava Le conquiste, narrazione accozzata in volume con Il male dell'arte e Variazioni sul tema.

Nelle Conquiste svolgonsi i casi pietosi di Fiorina; ed il concetto di una ragazza, che ricusa di sposare il seduttore, ne è nuovo; ma è troppo dottoresca, troppo politica l'ultima lettera di Fiorina morente a Marino Dallestro, onde il lettore si raffredda.

Nel Male dell'arte, si svelano, con acutezza di analisi, le angosce di un artista incompleto dolorante nell'ansia della manifestazione. Vi sono tratti lampeggianti, bellissimi, come:

"Non vi è urlo di belva, bisbiglio di uccello, parola fine di Manzoni o cannonata di Victor Hugo, accomodati a significare gli effetti d'amore. Esso ci tappa i vani dell'esistenza, ci accende i ceri dell'anima, la illumina a giorno, trae l'uomo in cima al suo arco; imperocché l'uomo non può essere di più su questa terra che innamorato".

E si conclude con umorismo angoscioso:

"Il male dell'arte sconvolge la natura delle cose; fa uccidere una moglie e piangere sul romanzo di un merlo o sulla etisia di un fiore",

Ma è d'uopo dire che la mossa della narrazione, la quale si fa per mezzo di un plico postale, e la ragione di essa, sono evidentemente artificiose.

Le variazioni sul tema delle conquiste, riescono un idillio sinfonico, brioso, che si accompagna con un sorriso di simpatia; e leggendo si vorrebbe poter augurare lietamente ogni felicità agli sposi, quando il fidanzato dice ai suoi amici:

"... io ho dinanzi a me una gioia, una purezza, un tremore misterioso, che nascono nell'ordine come il vento, e la primavera".

Ma, nonostante gli amoreggiamenti dolci e carezzevoli dell'arte, la elezione del Faldella al gran consiglio della Provincia ed i lavori di esso, lo solleticavano eccitandolo a maggiori cariche pubbliche; le gualdane politiche lo attiravano con le seduzioni di nuovi orizzonti umani a scrutarsi e lo prendeva acre voglia di vibrare il suo sguardo d'artista nelle fermentazioni degli animi ambiziosi, cui ubbriaca lo scintillìo del potere alto.

Onde, nel 1876, poiché ebbe ottenuta la cresima politica del trentennio, presentavasi candidato al Collegio di Crescentino con un'arguta lettera campagnuola, bozzetto politico, pubblicato in supplemento apposito festivo della "Gazzetta piemontese"; e da tale supplemento credo sia originata l'attuale "Gazzetta letteraria" annessa alla "Piemontese", che si pubblica in Torino.

In quel bozzetto egli fra le altre cose scriveva:

"Io mi sono lasciato persuadere ad accettare la candidatura offertami per le seguenti ragioni espresse, meglio che da nessun altro, dal più magniloquente fra i pubblicisti romani.

"Dice questo tale nel principio dei suoi dialoghi De Republica che la partecipazione alla vita pubblica è uno dei più importanti nostri doveri, per adempiere al quale dobbiamo abbandonare eziandio la soavità varia degli studi, variam suavitatem studiorum".

E via via, svolgeva le sue idee, i suoi intendimenti, i suoi concetti politici ed amministrativi, largamente liberali, in vista della maggior felicità possibile dei suoi concittadini. E corroborava opportunamente il suo dire con testi latini che tornavano tratto tratto come le bullette vigorose di una predica, con frequenti richiami ai pensieri, ai giudizi di quel gentil cavaliere che fu Massimo d'Azeglio, ministro e pittore di paesaggi, ed ammiratore dei larghi fianchi e dei seni audaci delle belle figliuole di Rocca di Papa.

Ma tutto ciò non valse al bozzettista la conquista dello scanno politico. Quel collegio era allora infeudato alla personalità valorosa, mirifica e luccicante del generale Bertolè Viale, di destra pura; e non fu poco scandalo per i giornali di destra vedere il Faldella nella sua gioconda giovinezza di idee e di fatti piantarsi contro l'ex ministro della guerra, per contendergli, con disinvoltura democratica, i voti di quelle popolazioni.

Nello scacco, il giovane scrittore raccoglieva nondimeno tale numero di voti da ingagliardire le maggiori speranze per l'avvenire; e per consolare l'animo della momentanea ferita politica, egli tornò a tuffarsi fra i flessuosi abbracciamenti dell'arte sua, e scrisse Verbanine, dolcezza da idillio che l'editore Casanova di Torino ora sta componendo in volume elegante, da esposizione nazionale, illustrato maestrevolmente con originalità e perfezione di tocco dal Ricci valente pittore ligure.

Nel maggio del 1878 i proprietari ed il direttore della "Gazzetta piemontese" incaricavano Faldella della corrispondenza da Roma al loro giornale, carica già sostenuta da egregi uomini politici ed onorevoli deputati, come il Trompeo, il Lacava e il Marazio. Ed il Faldella rifacendo la via del suo Geromino sindaco di Monticella, riprendeva nella capitale i suoi studi di osservazione. Assunto lo pseudonimo barbarico e battagliero di Cimbro, egli iniziava una serie di lettere notevoli per i concetti sereni e per le vedute che spingeva lontane nella fisiologia politica. Quelle lettere erano vieppiù notevoli per la forma inusitata in un giornale quotidiano, forma scultoria e pittoresca nella sua bizzarria; così a mano a mano, dalle altezze critiche della tribuna della stampa nella Camera ed in Senato; dallo studio accurato e scrutatore dei più appariscenti uomini parlamentari, nell'ambiente elettrico, saturo di passioni e di livori, dentro cui annaspano gli uomini di governo, egli maturava meglio i suoi giudizi e i suoi pensieri di letteratura politica, appianandosi in questo verso le vie dell'avvenire.

Ma questo egli faceva in armonia colla sua coscienza di artista e scrittore.

In quello stesso anno egli visitava l'Esposizione mondiale di Parigi, della quale principiava una rivista umoristica in appendice della "Piemontese", spumeggiante, arguta, degna di fare il paio col viaggio di Geromino alla capitale d'Italia; ed era nuovamente il sindaco di Monticella col suo buon senso quadrato di campagnuolo che ne faceva le spese; ma quella rivista lasciò poscia in tronco, occupandosi a pubblicare in volume il suo Viaggio a Roma senza vedere il papa che ottenne così cresimato dal pubblico e dai critici accoglienza anche più festosa. Ed in seguito nel 1879, pur durando nel suo ufficio di corrispondente romano della "Piemontese", pensava a rivedere ed ultimare un altro suo lavoro intensamente meditato, uno dei più mirabili che egli abbia scritto: Rovine, edito poscia in volume dalla tipografia Editrice Lombarda, con due figurine: Degna di morire e La laurea dell'amore. Rovine erano già comparse sulle "Serate" col titolo: Il figlio della signora dei cani e in appendice al giornale il "Movimento" di Genova col titolo: Un letterato inedito, ma l'autore può dirsi rifacesse tutta l'opera sua per pubblicarla in volume.

Il protagonista delle Rovine è un ignoto e disgraziato ingegno piemontese, gagliardo e vivacissimo; uno dei più caratteristici soci della Dante Alighieri, dove egli esercitava su tutti i suoi colleghi influenza grandissima, a volte decisiva; era una vigoria, un polline artistico fecondatore che distruggeva se stesso trasmettendosi negli altri.

E ben meritava il povero e possente artista, a cui forse non fece difetto che qualche qualità secondaria per l'arte, ma indispensabile per la riuscita nelle asprezze e nelle lotte della esistenza; ben meritava le pagine calde, colorite, cesellate dall'affetto, di Giovanni Faldella.

Rovine sono quindi come scrisse l'autore stesso "... la biografia del Letterato inedito, figlio della Madre dei cani".

La mossa ne è commovente, potentissima:

"Uno scolaro usciva dal ginnasio dominato dall'appetito e dalla contentezza. Era riuscito il secondo della scuola, cosa che non gli era mai capitata nella vita; lo gattigliava a fior di pancia un vuoto voluttuoso; gli splendeva in testa la speranza di un accessit; udiva già il suo nome tintinnare nella distribuzione dei premi, sentiva muoversi leggera leggera la bisaccia dei libri sulle spalle; pensava ai grissini e ai peperoni del desco materno, all'effetto luminoso che avrebbe prodotto il suo annunzio in casa; e con una fame, che avrebbe addentato i pilastri dei portici, egli disprezzava le bacheche dei confettieri, disprezzava gli zamponi dilembati rossamente, i tagli dei presciutti marmoreggiati succosamente, il morbido ed acuto gorgonzola e tutte le altre ghiottonerie, che dalla vetrina di un salumaio agganciano le viscere di uno scolaretto.

"Come era fulgido Pinotto sotto i portici di Po!

"Svoltò in una di quelle forme di torrioni, che sono i cortili torinesi; infilò una scaletta. Sembrava si arrampicasse a quattro gambe; sembrava avesse le ali; sembrava una rana; sembrava un'anitra; sembrava abboccasse con la testa curva l'orlo di ogni gradino; a momenti che non sembrava quel poveretto? Finalmente eccolo sul suo pianerottolo. Oh! quanta luce egli getterà fra i suoi cari con la notizia che finalmente egli è riuscito il secondo della scuola! Ma appena egli pose i piedi nel tinello, si smorzò la sua luce; ché trovò nell'atmosfera della stanza e nei volti di sua mamma e di sua sorella quella mutezza plumbea, che assumono le famiglie nelle più rilevate calamità casalinghe, quando è giunto il telegramma della morte del nonno, o quando è venuto l'usciere per una esecuzione mobiliare. "Pinotto fece uno sforzo e non riuscì.... ne fece un altro e riuscì a dire: - Mamma! Carolina! Se sapeste!...".

Ma la notizia che il povero ragazzo recava con tante carezze del pensiero e con tanti palpiti del cuore, non eccita neppur l'ombra d'un sorriso; i suoi non gli badano più che tanto; la mamma non lo guarda neppure in faccia, e solo la sorella "con una voce da vitella sgozzata" gli dice che il cane, "che Glafir ha la t... osse; - e giù uno scoppio di pianto".

Allora Pinotto "scaraventò contro la finestra la sua bisaccia, il cui bottone di acciaio ruppe un vetro; quindi scappò come un fulmine, scappò senza il cappello in testa".

Le pagine che seguono, scritte con diligenza analitica e indagatrice, anatomizzano e spiegano l'indole dell'animo e la natura dell'intelligenza di Pinotto, a mano a mano che egli progredisce negli anni.

Sono tutte le infelicità irrimediabili di un nobile ingegno, d'una robusta esistenza che si accumulano fatalmente per cagione di Glafir "un cagnolino tozzo, dal collo corto e dalle gambe cortissime, grasso come una caciuola marzolina, pigro come una marmotta, che tossiva e starnutiva con mille stenti e putiva come un avello"; perché Glafir aveva preso il posto del figliuolo nel tepore della famiglia.

Ed è Glafir che ruba le carezze a Pinotto, gli amareggia il cuore, gli avvelena il carattere, gli sconforta il pensiero; è Glafir che lo renderà inedito, miserabile, pezzente, e gli farà maledire la vita.

Ma, curioso ricorso storico di giustizia, di equità animale, quando, dopo molteplici casi, egli sarà ridotto all'estrema miseria, sarà un altro cane che lo assisterà con pietosa fedeltà; Fido! - un cane miserabile come il suo padrone.

Erano soli in una topaia:

"...estenuato - Pinotto - lasciò andare le mani spossate; chiuse gli occhi, tossì più forte e si sentì nella bocca il sapore plumbeo del sangue caldo, mentre gli girava addosso il senso di un freddo marmoreo.

"Credeva d'avere sulle ginocchia il muso di Fido, il quale invece dimorava là lontano, tutto turbato per lo stato di lui; ogni po' usciva sul ripiano, per vedere se c'era qualcheduno da avvertire, e poi rientrava e stava lì con quei suoi occhioni aperti, quasi volesse medicare il padrone con le guardate amorose.

"Questi sognava, e credendo di palpare le orecchie a Fido, borbottava: - Grazie, Fido!... Eccellenza...

"Egli scorgeva luminosamente ed ampiamente l'apparizione che lo aveva seguitato da più giorni. Era la Madonna, e la Madonna era sempre sua madre. Era tutta santa, tutta augusta, tutta fulgida di stelle... Lo riceveva e lo irradiava d'oro, d'amore e di sole...

"Ed era stato Fido il parlamentario, che lo aveva presentato e fatto ricevere. Essa aveva cominciato a parlare con Glafir, e si erano scambiate alcune note...".

In questa pagina strana e commovente, mostrasi tutta la forza del Faldella come colorista, e stilista; vi è pieno il senso della misura, è esattamente intuita l'astrazione ideale del moribondo.

L'Ignoto protagonista di questo lavoro del Faldella morì all'ospedale in Firenze nel 1875; e le "Serate italiane" ne pubblicarono allora una sentita necrologia. Il Faldella stesso, saldo nelle amicizie e tenace custode d'affetti, alcuni anni appresso, allorché pubblicò coi tipi del Roux Un idillio a tavola, primo volume del Serpe stroncato nel "Fanfulla", volle dedicarlo alla pietosa e forte memoria dell'amico G. M., del quale le Rovine sono appunto la biografia. Ed il Capuana, il sapido ed energico novellatore siciliano, che insieme col Verga ha tanti ammiratori, non dubitò un momento di illustrare le Rovine, cernendone pensieri, giudizi e notizie, per ricostruire il Profilo di Un ignoto nei suoi Studi di letteratura contemporanea (Seconda serie).

Egli in quello studio robusto, già pubblicato nel 1879 sul "Corriere della Sera" di Milano, come bibliografia delle Rovine del Faldella, mostravasi benevolo critico del nostro scrittore, e gli attribuiva soprattutto l'ironia incosciente, osservando che gli arcaismi, gli stridori di forma sono per lui un affare di tavolozza.

Riguardevoli giudizi pronunziarono pure del Faldella altri critici che sono parimenti essi stessi poeti o novellieri valenti; ed in prima il suo amicissimo e caro agli italiani ed agli stranieri Salvatore Farina, G. C. Molineri, G. Caprin, il Robustelli, Ferdinando Fontana, Leopoldo Marenco, Vittorio Turletti, Corrado Corradino, ecc. - P. G. Molmenti gli consacrò un capitolo nel secondo volume delle sue Impressioni letterarie.

Al Molmenti Faldella dedicò: Degna di morire.

Degna di morire (figurina nera) è una gentilissima mestizia, gioiellata in poche pagine: è la storia semplice di Elena Floresin.

Elena che nei balli campagnoli "volava fervente e felicissima con gli uni e con gli altri; a quando a quando in riga o in danza si vedeva scrollare la gemmea testa ed era per scuotere un bacio che le si era avventato come un calabrone".

Ma doveva ucciderla il sole in un mattino di aprile, nel quale ella "sciorinava sul ballatoio la biancheria di bucato". Il sole "... le faceva correre palpiti di calore crescente dal suo altoforno empireo: i suoi raggi cocenti fremitavano: e cremandola le artigliavano la testa come carezze di leone amoroso".

La novella prosegue pietosamente con un luccichìo caldo e commovente di frasi:

"Quattro giorni dopo Elena era distesa sopra un fianco nel suo letticciuolo con le braccia riverse fuori delle lenzuola in segno di eternale stanchezza. Pareva che le sue labbra sfarfallassero: dormo; non toccatemi in eterno. E niuno era ardito di toccarla in quel momento, salvo una mosca. Pareva che la morte l'avesse ridotta in marmo cogliendola nell'ascesa di un palpito, e conservando nel cadavere verginale tutte le tumide promesse di una splendida Eva".

La laurea dell'amore - Trittico nuziale (figurina così divisa: Lui   Lei   Tutt'e due insieme) non ha nulla a che fare col noto lavoro del Droz: Monsieur, Madame et Bébé.

In essa il bébé non c'entra, ma verrà indubbiamente dopo, poiché la morale della novella è il trionfo sano e possente di due sposi, ossigenati a dovere in una vivace freschezza campagnuola. È una figurina che si legge piacevolmente, con un sorriso, e fa sorgere il desiderio carezzevole di cacciarsi in un compartimento riservato d'un carrozzone di ferrovia, per libare la vita trasvolando lontan lontano con una gioconda fanciulla rapinata in isposa.

Di questo volume occupavasi largamente il Cameroni in due appendici al "Sole" di Milano nel settembre del 1879; e ne scriveva in proposito:

"La passione di Faldella per l'originalità già da alcuni anni mi ha reso simpatico questo giovane scrittore piemontese, benché lambiccato nei concetti e nella forma:

"Mentre dalla maggior parte dei nostri novellieri si trascura la frase, l'autore delle Figurine e delle Conquiste la accarezza fin troppo, le dà il minio, la polvere di riso ed i nèi. Mutatis mutandis e ridotte di molto le proporzioni, si potrebbero attribuire al Faldella quelle censure di preziosità, cui lo Zola mosse a Cladel nel famoso articolo sui Romanzieri contemporanci, inserito nel Figaro dello scorso dicembre. Appunto perché artista e non soltanto novellatore, egli sa giovarsi della ricchezza della nostra lingua, ma troppo di sovente manca di naturalezza nell'espressione proprio come il Cladel". In prova il critico fornisce uno scampolo di florilegio faldelliano: "Rilevarsi da quel coperchio di dolore, che lo aveva offuscato; il baratro della umiliazione e della crudeltà materna; strusciarsi per avere l'accessit; i capelli di due vecchie, che lucevano come fili di ferro elettrici; il lecchetto irresistibile; la religione condensata in un brodo consumato di ideale evangelico;   una pugnalata di voce; spiattellarsi innanzi al sole come un ninfale eliotropio".

Rilevata la bizzarria di queste frasi, e poscia poste in sodo le buone qualità dello scrittore piemontese, il Cameroni soggiunge:

"... questa volta (nella simpatia per il Faldella) mi trovo onorato da ottima compagnia, giacché ricordo benissimo le parole d'elogio di quell'incontentabile buongustaio, che fu il Camerini, per l'autore della Gita con il lapis a Vienna".

Venute le elezioni generali del 1880, il Faldella spinto dagli amici spolverava il suo bozzetto politico, e si ripresentava al Collegio di Crescentino solamente tre o quattro giorni prima della votazione: e vi otteneva un nuovo fiasco; ma un fiasco di quel buono, propiziatore di prossima vittoria; che gli succedeva di riportare di lì a poco, nel 1881. Il generale Bertolè Viale andavasene in Senato, ed il Faldella otteneva il seggio elettorale del suo collegio confortato da settecento e più voti di suffragio ristretto.

Alla Camera prese naturalmente posto a sinistra fra le congratulazioni e le condoglianze degli amici, che temevano la politica togliesse all'arte l'ingegno suo, o almeno lo guastasse nei suoi ingranaggi corrosivi. Ma il Faldella sullo scanno di deputato rimase tranquillamente quale egli era e quale aveva annunciato di voler essere nel suo bozzetto politico, dove scriveva: "... io non posso approvare la eunucheria politica, di cui si vantano pochissimi fra gli artisti e i letterati moderni, la quale non credo scusabile nemmanco con il voto di castità politica fatto dal Beato Alessandro Manzoni".

Ed invero, abbiamo avuto fuori d'Italia e presso noi esempi confortanti di uomini di Stato che non trascurarono di ricrearsi la mente colle geniali occupazioni artistiche a cui li portava l'indole dell'ingegno loro, fossero pur condottieri di popoli o di Governi.

Il Faldella deputato ebbe maggior agio a completare le osservazioni che aveva già intraprese come giornalista su le turbolenze della politica; e da quelle osservazioni poté trarre i materiali per la futura sua storia politica e aneddotica del parlamento italiano. Intanto senza più essere il corrispondente ordinario, egli continuò a mandare corrispondenze alla "Piemontese", ma corrispondenze di lusso.

Il suo primo discorso alla Camera egli lo pronunziò nella tornata del 16 marzo 1881, allorché discutevasi la proposta di legge per un concorso edilizio a Roma con annessa costruzione d'un palazzo dei Lincei. Sorse a battagliare contro l'amico suo personale, e collega nel Consiglio della Provincia di Novara, l'illustre Quintino Sella, cui anch'egli cordialmente amava e italianamente ammirava; sorse quando la Camera snervata per lunga discussione era insofferente, e vi battagliò, con venustà di forma letteraria insolita od impropria per quel luogo e con originalità esilarante di idee.

Poiché ebbe protestato di aver passata la vita sua modestissima nello studio delle lettere, dichiarò di non essere eccitato da un estro paragonabile a quello di Erostrato, se combatteva specialmente l'erezione di edifizi, i quali hanno rapporto colla cultura intellettuale.

E poiché aveva narrato che in certi paesi di montagna la scuola si fa nelle stalle, faceva scoppiare per l'aula una larga risata, dicendo:

"... che dire delle maestre? Con umilissimi stipendi, sono in pietose condizioni, da cui possono più spesso rilevarsi meglio con mezzi estetici, che con meriti didascalici, tanto che i comuni prima di nominarle richieggono la fotografia".

E corroborava il suo concetto proseguendo:

"Or bene, o signori, io domando se allora quando noi vediamo giacere l'istruzione elementare in così basso grado, noi possiamo deliberare tre milioni e mezzo per elevare un nuovo edificio in Roma all'alta scienza...

"Io non ammetto tutte le durezze che contro le Accademie hanno scagliato alcuni liberi ingegni, come Brofferio, Baretti, Giusti, Beranger, ecc. Le Accademie, come quasi tutte le istituzioni umane, hanno la loro parte buona e la loro parte cattiva.

"Secondo quello che ci insegna giustamente l'onorevole Sella, esse possono riuscire utili per la forza dell'unione, tesoreggiando capitali scientifici, e anche semplicemente mediante la pubblicità e la réclame. Ma esse possono altresì degenerare in società di mutua ammirazione e di altrui disconoscimento, o in società politiche, fossero pure associazioni costituzionali; posson far prevalere la forma alla sostanza, promuovere lo studio delle cose inutili, e propagare alcuni determinati vizi scientifici e letterari".

E poscia con estro crescente di ironia gioviale, eccitava nuova e maggiore ilarità nei colleghi - resi attenti, soggiungendo:

"Quanto alla mutua ammirazione - promossa dalle Accademie - ci restano a documenti i tipi comici, nella storia dei costumi fatta dalla vera commedia; ci resta, nel Poeta fanatico di Goldoni, lo stupendo conte Ottavio, presidente d'Accademia che, al finire di ogni sproloquio o di ogni recitazione, abbraccia l'accademico Lelio, l'accademico Florindo, l'accademica Rosaura, e stringe anche al seno con trasporto l'accademico Brighella!".

Ed in quel suo estro, sparando citazioni, motti, giudizi, l'oratore confortava gli accademici a rimanersene paghi della dotazione di 100 mila lire e del Campidoglio per tenervi le loro adunanze, e ricordando come agli uomini d'ingegno poco o nulla abbiano soccorso le Accademie, continuava:

"...Mentre in Francia, in Germania ed in Inghilterra gli autori già ricevevano lucro decoroso dal pubblico, e da noi i pingui canonici accademici ottenevano stampati dalle tipografie regie i magni volumi, i cui fogli sono tagliati solo dai legatori di libri, Carlo Botta vendeva la sua Storia dell'Indipendenza d'America per pagare i medicinali della moglie; e per pubblicare la sua Storia d'Italia in continuazione a quella del Guicciardini, dovette ricorrere all'obolo di pochi sottoscrittori. A questi soli si deve, se il tipo della devozione patria eroica, il tipo di Pietro Micca sorse e raggiò in quella italica prosa sfolgorante".

Ed il sidereo Filopanti a tuonare: bravo Faldella! mentre la Camera applaudiva, pur mantenendosi di parere contrario.

E non valse all'oratore svolgere con moto lirico una nuova onda calda di pensieri:

"Io mi esalto perfino ricordando che re Umberto e la regina Margherita distribuirono i premi ai Lincei, spettacolo forse più bello di quell'altro, dell'onorevole Quintino Sella, che fece alzare i Lincei in piedi all'arrivo del maresciallo Moltke, cui Rovani giudicò l'Attila del calcolo sublime. Tutti questi quadri, al pari di quello di Vittorio Amedeo che osservando la persistenza di un lumicino in una soffitta torinese vi scopre un povero studioso e lo converte nel ministro Bogino o al pari di quello di re Umberto che col ministro Baccelli si insediò alla scuola di sanscrito del professore Lignana nella Sapienza di Roma, tutti questi quadri per me sono degni non solo dell'"Illustrazione universale" dei fratelli Treves, ma del perenne mosaico...

"A questo mondo non vi è nulla che più ci scaldi e rischiari la fronte e ci schiuda l'avvenire meglio della scienza... Ma facciamo altresì la scienza applicata in azione. Quei milioni che volete consacrare ad un palazzo inutile, diamoli all'igiene, alla spaziosa, luminosa viabilità che sono conquiste moderne".

Ma la legge a malgrado di questo e di altrui discorsi, che la battevano in breccia, venne approvata; e nei giornali, che intesero male dall'alto della tribuna nella persona dei loro reporter, il Faldella venne tacciato poco meno che di barbaro analfabeta!

Barbaro lui che si era persino lagnato, perché i famosi volumi, cui l'Accademia dei Lincei partorisce e stampa ogni anno con elevatissima spesa, giacessero intonsi nella biblioteca della Camera!

Continuò per un pezzo lo scalpore contro la barbarie di Cimbro Faldella; però bisogna dire che quello scalpore non fu accolto dall'ingegno sensitivo, tenace ma equilibrato dell'illustre Sella. Questi forse fraintendendo il discorso per la distanza dell'oratore dal banco della Commissione, gli aveva bensì risposto con accesa eloquenza, come se il Faldella (ciò che non era) avesse preteso mandargli in malora la scienza e la lingua latina. Ma, cessato quel bollore, si dimostrò buon amico del Faldella, il quale testè in alcuni Ricordi necrologici del compianto grand'uomo raccontava a tale proposito sulla "Gazzetta piemontese" il seguente aneddoto:

"Allorché alla Camera un giovine deputato con balda coscienza contrastò uno straordinario sussidio che credeva intempestivo per un palazzo all'Accademia dei Lincei prediletta del Sella, questi se ne risentì, rispondendogli oltre misura. Tale eloquente risentimento inspirò un facile poeta, che schiccherò lì per lì un sonetto e lo mandò al banco della Commissione, dove il Sella sedeva relatore della legge per il concorso edilizio a Roma. Ignoro se quel sonetto fosse semplicemente arguto, o spinoso, od attizzino, imperocché non lo lessi, né seppi il nome del poeta. Esso era certamente contro al giovane deputato. Il Sella, scorsi quei quattordici versi, li comunicò al suo vicino e collega della Commissione, l'on. Del Zio, il quale forse poco prima lo aveva intrattenuto sulla opportunità scientifica di pubblicare finalmente, magari con l'ausilio dei Lincei, il formidato e condannato Triregno del Giannone, tenuto troppo occulto nelle sole due copie superstiti conservate dalla Biblioteca nazionale di Napoli e dall'Archivio reale di Torino.

"L'on. Del Zio, percorso alla sua volta il sonetto, immantinenti vi scrisse in calce il motto della Sand: "Non toccate le fronde giovani! " quindi restituì il fogliolino al Sella. Questi fu preso, quasi commosso dall'improvviso ricordo di quella sentenza; lacerò o mandò a riporsi il sonetto; e d'allora in poi non tralasciò occasione per attestare la più cordiale cortesia al giovine deputato statogli aperto contraddittore".

No! Il Faldella non era stato barbaro. Egli fin da quell'occasione avrebbe potuto soggiungere ciò, che appena accennò poi incompletamente nel banchetto di Torino, cioè che le Accademie nido di gente arrivata, giubilazione degli ingegni, sono non solo le meno abili ad ogni nuova scoperta onde possa onorarsi lo spirito umano, ma soventi vi sono ostili. Esempio l'Accademia delle scienze di Francia a cui Napoleone I aveva mandata, per il parere, la memoria di Fulton che gli proponeva la navigazione a vapore. La grave Accademia, con dotta ilarità, rilasciava all'inventore una ufficiale patente di utopista. Altro esempio, se vuolsi guardare a tempi più lontani, l'Accademia di Salamanca. Essa insorgeva contro Cristoforo Colombo e lo dichiarava pazzo per la sua divinazione di nuove terre.

Il Faldella tornò a parlare alla Camera nella tornata del 20 giugno 1881, allorché si discuteva la riforma elettorale, e vi sostenne strenuamente lo scrutinio di lista.

Nel suo discorso non mancarono le originalità. Fra le altre per sostenere che l'allargamento del suffragio e lo scrutinio di lista avrebbero diminuite le corruzioni elettorali, egli uscì fuori a dire:

"Nelle biografie dei grandi uomini politici dell'Inghilterra narrasi precisamente quanto essi hanno speso per la loro prima o seconda elezione. Si aggiunge di Beniamino Disraeli che una gentile signora gli suppeditò le copiose ghinee occorrenti perché gli fosse sbarrato l'arringo politico. E qui voglio l'onorevole Serena il quale oggi ha argutamente immaginato che Dante Alighieri non sarebbe eletto deputato collo scrutinio di lista. Onorevole Serena! Senza essere poeta sovrano, chi circonda il suo nome coll'aureola dell'arte, e si imprime nel pubblico con la sua potenza letteraria, ben può pretendere a quella notorietà, che è sufficiente per la riuscita nello scrutinio di lista. Oh! Dante Alighieri sarebbe un candidato sicuro nello scrutinio di lista. Per lo contrario io nutrirei i miei famosi dubbi per la sua riuscita nel collegio uninominale. Con tutto il fascio radioso del suo genio, il poeta resterebbe nella tromba, se rimanesse povero in canna, come è costume dei poeti, e se una pietosa dama non scendesse ad apprestargli le migliaia di lire, come fece la Ninfa Egeria all'autore dell'Endimione".

E terminando il succoso e serrato suo discorso dichiarò:

"È una voce falsa ma molto diffusa che noi ricusiamo lo scrutinio di lista per non sentenziare noi stessi a certa morte politica... Ma, signori, non lasciamo accreditare neppure materialmente quella voce col fatto di una votazione ostile. La storia darebbe certamente tristo giudizio di noi in paragone di quei Parlamenti e di quegli ordini rappresentativi che seppero fare innanzi al mondo nobili rinunzie.

"La famosa assemblea nazionale francese, che dichiarò i diritti dell'uomo, interdisse, con zelo soverchio, a tutti i suoi membri la rielezione...

"Negli ordini della Repubblica fiorentina era statuito che i magistrati scaduti non potessero rieleggersi salvo che trascorso un dato tempo. Questi insegnamenti non sono scevri di sapienza; indicandoci i benefici di avvicendare gli uomini alla cosa pubblica per evitare le cancrenose ambizioni e per usufruire ognora fresche e riposate virtù".

Ma poscia l'oratore soggiunse:

"Però il pericolo della sommersione nello scrutinio di lista ci sarà solo per me deputato novellino che devo molto ai vincoli di affetto paesano e di poesia domestica ecc.".

E fu meno felice nella chiusa, poiché volle ostentare, un po' troppo, la sicurezza che lo scrutinio di lista dovesse riuscire letale alla sua rielezione.

Lo Zanardelli, relatore dottissimo di quella legge, nella perorazione del suo splendido discorso pronunziato nella tornata del 21 giugno 1881 faceva onorevole menzione delle parole del Faldella dicendo:

"Questo trionfo (della nuova legge elettorale) farà sì che nelle elezioni, come notò l'on. Crispi, siano veramente nazionali le gare; non solo assicurerà gli altri vantaggi, dei quali ho parlato: ma esso dimostrerà, come ieri disse con nobili parole l'onorevole Faldella, che noi possediamo una virtù, la quale nella vita pubblica vale da sola a riscattare molte colpe, l'oblio di noi stessi...".

Nella sua vita parlamentare, Faldella preoccupato delle condizioni economiche del suo collegio per la scarsa viabilità, domandava e patrocinava due ponti sul Po, ed un altro sulla Dora Baltea; ed otteneva che una sua aggiunta venisse in parte accolta nella legge delle nuove opere stradali; e poscia nell'adunanza del 24 giugno 1882 pronunciava anche un discorso in favore della ferrovia Chivasso Casale, accumulando argomenti vinicoli e strategici in favore di essa con vittoriosa mitraglia di parole assennate.

Ma, ciò malgrado, venute le elezioni generali del 1882 con suffragio allargato e scrutinio di lista, egli come aveva preveduto, forse allora incredulo in se stesso, fu ripagato dai suoi elettori di una buona sconfitta.

Ritornato alla tranquillità ridente del suo quieto villaggio, alla vita casalinga e raccolta; tornato alle sue contemplazioni e meditazioni, fuori del turbine affannoso della politica, che logora gli spiriti, egli riprese con maggiore intensità di lavoro i suoi studi; e poiché della politica gli durava il sapore acre, avendo poco prima delle ultime elezioni già pubblicato un volume della sua Salita a Montecitorio (1878 1882) col sottotitolo: Il paese di Montecitorio, Guida alpina di Cimbro, proseguì in quella via palpitante di passioni, e addensò pagine su pagine di politica artistica. E così pubblicò successivamente: I pezzi grossi (Scarpellate), I Caporioni (Profili), Dai fratelli Bandiera alla dissidenza (Cronaca), volumi che della Guida parlamentare sono il seguito galoppante.

Siffatta opera, nella quale sotto nuovo aspetto mostravasi l'ingegno suo di cronista politico nella serenità e nell'argutezza critica dei giudizi - egli dedicava a Luigi Roux, ora deputato del Collegio di Cuneo, già direttore dell'Organo della Pentarchia, in allora soltanto direttore della "Gazzetta piemontese", e col Favale, editore dell'opera stessa che gli era intitolata.

"Un giorno, gli scrisse il Faldella, il rustico autore di Un viaggio a Roma senza vedere il papa, Geromino, sindaco di Monticella, fu da te, dal tuo illustre predecessore e dai tuoi egregi colleghi, ghermito agli ozi campestri e letterari del suo villaggio e spinto alla batteria elettrica della corrispondenza giornalistica, egli nato per meditare e stintignare una pagina al mese... Ora spetta sovra tutto a te il sopportarne le conseguenze, accettando la cordiale dedicatoria di questo libro".

Il concetto dell'opera è chiaramente reso manifesto nella lettera, colla quale gli Editori accompagnavano il secondo volume: I pezzi grossi. "Nel primo volume dell'opera l'autore, col titolo Il paese di Montecitorio, ha voluto dare, come si suol dire, una pittura dei luoghi, dove si svolgerà man mano l'opera medesima: dall'atrio del palazzo deputatesco agli uffici della segreteria, dalle sale della presidenza agli archivi, dagli ambulatori alla questura, dalla tribuna pubblica al banco dei ministri, il Faldella ha fatta una minuta descrizione della residenza del Parlamento animandola, come hanno bene avvertito i lettori di quel primo volume, coi ricordi storici che si addensano così gloriosamente affollati in quei luoghi, e coi profili dei personaggi che si incontrano ad ogni pietra di quel Paese. Compiuta così la descrizione dei luoghi, l'autore entra nella materia del secondo volume: I pezzi grossi, che sono estese fisiologie dei principali uomini politici. Seguito dei Pezzi grossi sarà il volume dei Caporioni. E siccome parecchi di questi appartennero al partito d'azione, parve opportuno all'autore di raggruppare intorno ad essi gli episodi più drammatici del nostro Risorgimento: onde uno speciale volume sarà la cronaca patriottica: Dai fratelli Bandiera alla dissidenza ed al trasformismo. Percorso il mondo parlamentare nelle sue cuspidi individuali, gioverà all'autore considerarlo nelle masse dei partiti, donde un volume sui partiti parlamentari ed un altro sui partiti extra parlamentari, ed un altro ancora di Vedute e scene: e siccome dopo tanta vivisezione parlamentare è doveroso rendere omaggio alle tombe dei campioni della Camera, di cui è più recente il lutto, una parte dell'opera sarà Necropoli. E finalmente una parte sarà dedicata a quel ramo del Parlamento, dove in vigile riposo si archiviano i veterani dell'intelligenza, del censo, del patriottismo e delle maggiori cariche, donde un ultimo volume: Scorsa al Senato".

A proposito di codesta Storia parlamentare che si disegna a linee larghe ed a tratti vigorosi, e si ispira a concetti elevati nella serenità degli schietti giudizi, - Nino Pettinati, elegante scrittore ligure subalpino, con una venatura di anglosassone nel temperamento poiché di madre inglese, onde conserva nell'aspetto una gentilezza da Lord Byron sminuito, scrisse argutamente nella "Gazzetta letteraria" di Torino del 28 aprile 1883:

"Alcuni che furono sin qui avvezzi a gustare e carezzare nel Faldella l'arguto pittore delle Figurine, l'umoristico narratore dei Viaggi a Roma e a Vienna, l'incisivo novelliere delle Rovine e recentissimamente il mesto romanziere del Serpe, veggendo oggidì il Faldella assumere la gravità e l'ufficio di questa Salita a Montecitorio ne restano sorpresi un poco e fors'anco dubbiosi di più. Generalmente parlando in Italia, da Brofferio, da Manzoni e da Cantù in poi, i letterati sono così poco storici e gli storici così poco letterati! Havvi - chieggono - nell'autore delle Conquiste la stoffa dello storico? e qualunque titolo abbiano i suoi lavori non saranno sempre romanzi? - Costoro a nostro avviso non hanno posto bene mente all'indole dell'ingegno del Faldella e non hanno seguite le fasi ch'esso ha traversato da qualche tempo in qua. Il Faldella è interessante novelliere, è vero, ed i suoi racconti hanno un'attrattiva non comune; ma bisogna pur riconoscere che la immaginativa e la novità non sono mai state le maggiori doti dei suoi lavori, sibbene la finezza dell'osservazione e l'acutezza delle rassomiglianze, le quali vincono di gran lunga in lui le qualità inventive. Come osservatore pochi superano il Faldella, e pochi del pari hanno maggior felicità nell'afferrare delle cose osservate le qualità caratteristiche, sviscerarne, per così dire, l'indole e il segreto, penetrarne l'essenza e riprodurle coi loro propri colori. Un autore moderno ha detto che difficilmente lo scrittore ed il lettore si capiscono bene, perché essi seguono strada inversa, vale a dire che lo scrittore va dal pensiero all'espressione, il lettore dall'espressione al pensiero. Al lettore di Faldella di rado è avvenuto di non comprendere la vita che spira dalle pagine di lui; imperocché il Faldella non arzigogola in espressioni soggettive e non getta mai il suo Io fra lo spettatore e i personaggi; ma per mezzo suo i personaggi medesimi si disegnano colle loro stesse azioni abilmente messe in luce.

"In questa felicità di intuizione oggettiva unita ad uno stile quasi sempre incisivo e scultorio anche nella rappresentazione di sentimenti di minore importanza e talora anche ridevoli, in un desiderio continuo di curare dei personaggi e delle cose anche i menomi particolari e i tratti più fuggevoli, in uno studio continuo e zoliano di non dipartirsi dalla verità dei tipi quasi sempre imitati dalla vita reale, chi non riconosceva già nel Faldella le principali, se non tutte le qualità necessarie allo storico diligente e fedele? Ma abbiamo detto che bisogna pur tenere conto delle fasi che l'ingegno del Faldella ha traversate. Chi ignora infatti com'egli raccolto un dì nella mite atmosfera degli studi letterari

campagnuoli, chiamato dipoi nelle officine giornalistiche a mirar più da vicino gli ingranaggi delle quotidiane vicende sociali, venisse in ultimo attratto nel grande agone parlamentare, rappresentante della Nazione egli stesso, e divenisse così testimonio e insieme attore del teatro politico contemporaneo? Allora l'ingegno dell'osservatore accurato, il fedele intuitore delle figure e dei caratteri, l'umorista flagellatore dei vizi in quel nuovo orizzonte si sentirono indubbiamente rafforzare: alla scarsezza della qualità inventiva suppliva largamente la realtà di tutti quelli obbiettivi veri e viventi; il poeta non doveva più tentar voli, ma bastava allo studioso di concentrarsi bene nelle ricerche e nelle osservazioni: l'estro dell'artista non aveva più bisogno di immaginare azioni e persone per sentirsi acceso a scattare in una artistica creazione: ma gli bastava appunto l'osservazione della realtà per iscoprire dove fossero il bello ed il buono artistico e far colla loro riproduzione un'opera d'arte. Così il passaggio dal romanziere allo storico si compiva; il poeta e il narratore non si elidevano, ma dandosi la mano si completavano; e l'autore delle Rovine veniva così alle assaggiature della Roma borghese ed ora finalmente alla Salita di Montecitorio. E noi teniamo assai a far notare come nella nuova veste del Faldella storico non sia affatto cessato l'artista cui abbiamo applaudito sin qui, imperocché mentre quest'osservazione da un lato ci spiega la fase evolutiva del suo ingegno, dall'altro ci dà la chiave per bene intendere ed assaporare il suo lavoro storico che è di una caratteristica tutta speciale".
Ed è vero. Siamo le mille miglia lontani dalla storia d'Italia dello Zini con quelle sue preziosità di frasi atticamente gravi, ma plumbee nella loro massa faticosa. Qui la storia è cronaca spigliata, allegra soventi, e a quando a quando, severa; severa nobilmente nelle elevazioni patriottiche, nei lampeggiamenti civili dell'epopea che fece la Nazione.

Nel primo volume: Il paese di Montecitorio, vi è come la fisiologia del palazzo di Montecitorio, studiato in sé stesso, nei suoi abitanti, nei suoi frequentatori e negli ordinamenti amministrativi che regolano la vita politica e parlamentare dei rappresentanti della Nazione. Vi è arguzia, umorismo, ironia; a volta a volta, si illuminano medaglioni, miniati con amore, e frammenti scultorî a colpi audaci e vigorosi. Ne scattan fuori figure di letizia senile, come quelle dei veterani delle ardimentose insurrezioni per la libertà. Tali sono le figure del dott. Ripari e del vecchio bibliotecario della Camera Giovanni Scovazzi, fiero bandito di primo catalogo secondoché leggevasi in un numero della "Gazzetta piemontese" del 1833 che ne recava la condanna a morte unitamente alle condanne di Giuseppe Mazzini e Giovanni Ruffini. Tale è la figura dell'on. Del Zio il quale "ha una testa vigorosa di frate che dal castello di un campanile suoni a stormo e spari fucilate per una rivoluzione". Tale è la figura di Quirico Filopanti, l'amante universale, che si tolse nel 1873 il suo vero nome di Barrili; asceta pitagorico che vive spartanamente di acqua e di pane, e che "ci ha il giubbone nero, un po' roso, ma tuttavia pulito; ci ha il gran colletto bianco; ci ha le stelle in cielo, ci ha delle consolanti aspirazioni in testa; ci ha l'Italia a Roma; si tiene sicuro dell'avvenire nel nome del popolo e di Dio, ed egli è stoicamente felice".
E via via, dalla biblioteca della Camera agli stalli dell'aula; dall'atrio del palazzo di Montecitorio alla Tribuna della stampa, a quelle della Corte, della diplomazia, della Presidenza e delle Signore; dal discorsino di esordio del deputato novellino, al discorsone ministro del deputato stagionato che porta tutta una sezione del museo di numismatica appesa alla catena dell'orologio; dalla sala di ricevimento al selce di Cordigliani ed alla rivoltella di Maccaluso; tutto vi passa intuito, scrutato, pennelleggiato con forza, verbalizzato con scrupolo. Ci si potranno bensì, qua e là, notare gonfiezze, superfluità, minuzie che rallentano, e deviano l'attenzione, stancano; ma sono mende che scompaiono in confronto delle numerose pagine ponderate, salde, elevate, concettose che interessano, svelandoci gli

intimi congegni pei quali si muove, si agita e si manifesta nel lavoro legislativo la nostra rappresentanza nazionale.

Nei Pezzi grossi, l'artista scalpellatore modella a mano a mano le figure di Domenico Farini, Marco Minghetti, Quintino Sella, Domenico Berti ed Agostino Depretis, intorno ai quali raggruppansi negli sfondi altre individualità minori, di più modesta indole.

Lo studio sul Farini, che sale dolcemente a involgere tutta la famiglia dei Farini, riesce affettuoso, direi carezzevole, ed è fatto con schietta precisione, poiché l'autore è dirimpettaio di abitazione allo scalpellato personaggio nei silenzi campestri di Saluggia, dove l'ex presidente della Camera villeggia ogni anno fra le memorie venerate del padre, della madre e della nonna.

Deboluccio, forse, lo studio sul Minghetti, quantunque questi vi sia considerato in due modi; come oratore, e poscia nella politica e nella storia.

Assai bello e vigoroso invece quello su Quintino Sella, dove narra di re Umberto che ospite dei Sella nella Villa di S. Gerolamo nell'agosto del 1880, a preghiera del figliuolo sale a visitarne la madre, Rosa Sella, che per la grave età e la cagionevole salute non può scendere a inchinare Sua Maestà. Al Faldella erompe dall'anima una possente lirica aleggiante, generosamente patriottica, che sintetizza la rigenerazione della patria.

Il filosofo di Cumiana, dall'aspetto prelatizio, Domenico Berti, evoluzionista per indole, è scrutato con acume.

Ed Agostino Depretis coi suoi trenta e più anni di esperienza parlamentare e con tutto il suo bagaglio di uomo di Stato, bagaglio di pranzi politici, discorsi patriottici, programmi di Stradella e piacevolezze accorte di diplomatico magistrale - viene a sua volta anatomizzato con pazienza, ricercato nelle sue vigorie e nelle sue debolezze; viene scolpito e ritratto nelle pagine del libro in più pose; e tutte danno un magnifico padre guardiano; come l'emblema del tempo eterno che governa.

Nel terzo volume della Salita a Montecitorio, I Caporioni profilati sono Cairoli e Zanardelli che tengono il campo con una cavalcata di eroi minori: Cairoli a cui l'autore inneggia come a patriotta, come a Bajardo: Cairoli discusso come Presidente dei ministri, nei suoi due ministeri; Zanardelli, dal vasto ingegno democratico, che come ministro dell'Interno si irrigidisce nelle sue convinzioni di larga libertà cittadina, si allarga nel mare magno della scienza giuridica col libro L'avvocatura, e si condensa con pazienza da benedettino nella dotta relazione per la riforma elettorale politica.

Nel quarto volume, ultimo comparso della serie, cioè nella cronaca Dai fratelli Bandiera alla dissidenza, l'autore, risalendo alle prime imprese politiche che via via andarono preparando il trionfo della libertà e della nazionalità ed illustrando particolarmente la impresa audacissima del Pisacane a Sapri, scolpisce con felicità di esecuzione la figura violenta e generosa del Nicotera, lo ritrae con finitezza di tocco, nelle varie fasi della sua vita politica a impreveduti colpi di scena e di audacia. Vi studia le bizze fegatose dell'irrequietissimo agente di Cavour e storico d'Italia Giuseppe La Farina. Vi analizza il carattere metallico ed inflessibile di Francesco Crispi. E poscia ci presenta Agostino Bertani, patriotta saldo e antico, uomo politico rigido e fegatoso, dall'aspetto funereo, fatale; papa dell'estrema sinistra come lo sintetizza l'autore, Bertani ne appare dogmatico nei suoi discorsi alla Camera; vi appare quale uomo che stia sempre teso come un telescopio a guatare i misteri del futuro, o come Geremia profeta piagnucoloso quando prevedeva un'immensità di mali a Gerusalemme baldracca.

E attorno attorno, le relative figure secondarie e terziarie, i paesaggi, gli sfondi, le prospettive aeree e terrestri che richiamano lo studio principale.

Certamente nel corso di quest'opera, vasta e pensata, si avvertono mende, imperfezioni, giudizi non sempre a sufficienza comprovati dai fatti; ma è giustizia affermare che gli uomini politici, che ne formano maggior argomento, sono resi nel loro momento più caratteristico, tratteggiati a punto nelle manifestazioni loro più notevoli; e queste manifestazioni, coordinate all'azione politica generale.

Gli aneddoti curiosi e nuovi abbondano; i giudizi pronunciati da altri autori su uomini e cose vengono raggruppati in modo da produrre l'effetto più notevole.

Con questi volumi il Faldella ha provato chiaramente quanto opportunamente egli citasse nel suo programma l'opinione di Cicerone che opinava dovessero letterati e scienziati adoperarsi nella vita politica, per quanto lo acconsentiva loro l'ingegno, poiché si può adempiere agli obblighi di cittadino senza trascurare l'arte che li nobilita.

Onde Nino Pettinati ebbe ragione di scrivere su tale proposito:

"Si è detto sin qui, ed è diventata una frase fatta come tante altre, che in Italia la politica guasta i letterati e che il battesimo di Montecitorio è quasi l'estrema unzione degli scrittori. Faldella, che pure è stato un eccellente deputato come se lo sanno i suoi antichi elettori, è lì per ismentire la sciocca credenza. Il Faldella facendosi lo storico del nostro Parlamento contemporaneo ha dimostrato come oggidì la politica e l'arte in Italia sono più vicine che mai a fondersi e compenetrarsi: egli, continuando il grave incarico a cui si è sobbarcato, sta per provare come oggidì la nostra letteratura non ha più bisogno di pascersi di soli ideali e di astratti desideri per sentirsi ispirata, ed ispirando a sua volta, adempiere la sua missione civile. Questa missione letteraria, della quale si fa campione il Faldella, si ravvisa nel continuo dramma della vita quotidiana, nei giornalieri episodi del paese moderno che s'agita, che lavora, che dimanda, che progredisce; e a questa missione sentono di adempiere egualmente l'uomo politico che arringa generosamente dai banchi parlamentari, e l'artista scrittore che chiuso nel romito della sua stanza raccoglie nella storia l'eco di quelle arringhe e le riscalda al fuoco dell'arte riformatrice".

Nel 1881, il Faldella aveva iniziata, coi tipi dei Roux e Favale la pubblicazione di Un serpe, quello stroncato nel "Fanfulla"; e al primo volume: Idillio a tavola, seguirono, a mano a mano, il Consulto medico e la Giustizia del mondo, uscita di recente, che suggella il ciclo delle Storielle in giro.

Questa trilogia, nonostante la festività della forma, il brio dello stile e le spumeggiature esilaranti delle frasi, come in ogni altra opera dell'autore, - ha un fondo largo di mestizia, lascia a poco a poco ed inconsciamente filtrare nell'animo del lettore uno scoraggiamento funereo; segnatamente nell'ultimo volume vi è un'allegria che sa di pianto.

L'azione semplice, improntata d'un forte carattere di verità, si svolge dapprima a Scozzeringo, soleggiato e ridente villaggio monferrino; si prosegue a Torino, Firenze, Roma, e si queta come per un filosofico ricorso storico, nell'iniziale villaggio.

Vi è studiata e ritratta con evidenza ammirabile la vita del villaggio; le passioni che in esso si accendono per minuzie a cagione dell'orizzonte ristretto e della mancanza di ampi sbocchi alla fermentazione fisiologica, vi salgono e ribollono intuite, analizzate maestrevolmente.

I personaggi scattano vivi e solidi in gran parte, come il dottore Giannozzi, Battistina sua figliuola, il conte senatore Baudone, l'arciprete Don Lanterna ecc. Altri sono alquanto indeterminati, come la diafana Rosilde, figliuola del conte, che pare una gentile figurina d'alabastro, scesa da un acquasantiere.

Il dottorino Tristano Clessidra, il bieco figliuolo di nessuno, che una vampa d'odio consuma ed illividisce, quegli che dà il titolo vischioso alla trilogia, non è forse il personaggio meglio reso; non pare sia sempre estremamente vero. Vi è un che di artificioso nei suoi atti improvvisi ed eccessivi, segnatamente nella Giustizia del mondo, i quali atti male corrispondono alle premesse del suo carattere: le superano per gli effetti. Egli gioisce troppo della sua abbiezione morale, gustando la voluttà acre del fango; troppo si compiace di avvelenare la felicità altrui, per solo desiderio del male, poiché non vi è nessun interesse proprio che lo muova; troppo chiaro egli vede in sé stesso, poiché con manifesta ostentazione si diletta soverchiamente a porre sopra i suoi giornali libelli il marchio di un titolo come: Il Serpe La Vipera ecc. I bricconi non ammettono mai di esser tali; si sarebbe quasi tentati a credere che il dottorino abbia letto anche lui il titolo Un serpe che raggruppa i tre volumi, e siasi ingegnato per quanto poteva a giustificarlo.

E la vita giornalistica, i retroscena politici dove domina il magno commendator Nevone; dove si scorge il profilo carezzevole di una di quelle tali profumate, che con vocabolo di sensualismo moderno ora si dicono le orizzontali, pare anche sentano alquanto di manierismo. Bisogna dire che l'autore, quando ne scrisse, non avesse pur avuta occasione di analizzare e cogliere dal vero, come è suo costume, le misteriosità della vita nei grandi centri mondani e politici.

Altro appunto che pure egli si merita assai è quello dei nomi che usa. Soventi essi frizzano troppo la caricatura, e ricordano assai quelli umoristici del teatro piemontese. E quando non vogliono essere una caricatura, pare cerchino di esprimere anticipatamente il carattere della persona che li porta. In questi volumi il dottorino si chiama Tristano, perché è un briccone; sua madre si chiama per antonomasia la signora Orrenda, perché bruttissima; il conte senatore, perché grasso, naturalmente ha un nome che per questa sola ragione suona come un otre: Baudone; don Lanterna, l'arciprete, ha la grazia di questo nome, perché l'autore gli destinava una statura da corazziere o da tamburo maggiore; e, mancomale, lo speziale si chiama Pasticca: il nome meno medicinale che l'autore gli poteva dare, secondo il suo sistema.

Così via via. I nomi sono una grande difficoltà, ma se ne deve aver cura, poiché la verosimiglianza loro ringagliardisce l'effetto, e rende più veri i personaggi. Onde il Faldella dovrebbe seguire, a preferenza, il sistema del Balzac, il quale - come è noto - andava copiando dalle insegne delle botteghe i nomi che gli occorrevano per la sua grandiosa Commedia umana.

Ma a parte ciò; a parte talune scene troppo accentuate, troppo colorite, vi sono, in codesta trilogia, pagine d'una freschezza e d'una verità insuperabili, vive scenette di villaggio rese a perfezione, nelle quali alita un che di umorismo incosciente; come quando il flebotomo Clementino Riondella, messo alla porta dal dottor Giannozzi, cui era andato a domandare audacemente la mano della figliuola, trovandosi vestito da guardia nazionale per la solennità, pensa alla maestrina Cornelia. - Clementino pensò:

"Tanto Battistina non può essere mia! tanto bisogna cambiare... E cambiare adesso come di qui a poco, tanto fa... Ora sono già vestito! Perché dovrei vestirmi un'altra volta? Perché dovrei sciupare l'acconciatura? Poi il regno di una buona moglie è in cucina... e Cornelia è una imperatrice in cucina... E poi me lo ha suggerito il medico stesso, il padre di Battistína...

"Così ragionando fece fronte in dietro". E entrò dalla maestra, che cucinava, la quale "staccatasi dal fornello gli corse incontro".

"Aveva il viso di bragia, i capelli zingareschi, il labbro inferiore morescamente rovesciato, l'occhio giudaico.

"Era una ragazza capace di cogliere un marito al volo e di imbullettare un ragazzo alla sua prima freddura.

"Clementino si pose la mano destra alla visiera del kepì, e si avanzò verso Cornelia con passo militare. Essa ritrosì di pari passo, dicendogli:

"- Spettacolo!

"E poi: - Ah! bricconcello di un cerusichino! Ha proprio il buon tempo che lo incalza. Sentiamo un po', che cosa è venuto a fare da me il signor capitano?

"Clementino senza levare la mano dalla visiera fece bocca da ridere e rispose:

"- Sono venuto da lei, signora maestra, a vedere se ha da vendermi dei lupini...

"A quelle parole la maestra, con smanceria vergognosetta portò l'avambraccio sugli occhi: ninnò il suo personcino e disse:

"Birichino di un cerusichino!...

"E faceva più volteggiamenti che parole: sollevò il suo grembiule, e con esso ventilò, sfiorò il volto di Clementino, il quale montava su, su, in excelsis, in visibilio. Egli finì con l'afferrare le due mani di Cornelia, che fingevano stracca riluttanza, le serrò in un mucchietto dentro le sue palme, e poi, ondulando la bocca nel desiderio aereo di un bacio e musicando sottilmente la voce, disse:

"- Cornelia? Dunque sì?

"- Si...ì si...ì! - rispose Cornelia, strascicando un sibilo come lo zeffiro. - Si...ì. - E buttò indietro la capigliatura mora zingaresca, che discese vorticosamente a invaderle le spalle; e spalancò l'occhio giudaico verso il soffitto.

"Le braciuole scoppiettavano al fuoco dentro la maiolica di Castellamonte: e sprizzavano zaffate colme di un profumo da far mangiare i morti. Furono l'incenso, il tiamo ed il cinnamomo di una promessa nuziale".

(Per capire l'entratura dei lupini, occorre notare che in taluni paesi del Piemonte l'ambasciata per la visita ad una ragazza da marito si comincia col pretesto, che si è venuti a vedere, se ci sono dei lupini a vendere.)

La narrazione del consulto medico, la lotta scientifica fra il vecchio medico dell'antica scuola, ed il novello dottorino di scuola recentissima, è stupenda; seguono paesaggi di una freschezza inimitabile, scene di campagna che par di vedere veramente, quadretti resi con zelo, con scrupolo da pittore fiammingo; onde G. De Abate, in un sonetto che dedicò di recente all'autore sulla "Gazzetta letteraria" di Torino, ebbe ragione di dire di lui:

"Egli è il Michetti delle mie pianure". Non importa per la definizione che le scene del consulto siano sulle colline del Monferrato; imperocché il Faldella si è manifestato pittore da bosco e da riviera, da pianura e da collina.

Nei volumi del nostro paesista vi è - come dice Giacinto Stiavelli, che trova nel Faldella un investigatore profondissimo delle cose, uno stilista accurato e brioso come nessun altro - vi è da raccogliere una fiorita, la più olezzante, di osservazioni fine, profonde o bizzarre, quali le seguenti.

"Le ragazze che amano si sentono pesare a loro stesse, e non possono muovere con disinvoltura le loro persone. Esse portano dentro loro degli universi. L'amore inchioda loro il cuore; e tutto il lecchetto del mondo restante non potrebbe più farle muovere e correre con vivezza.

"...L'amore, anche turato bene, può durare incarcerato un estate, due estati, sette estati; ma ce ne viene poi uno così caldo e veemente che l'amore fa saltare il tappo e schizza via".

L'azione, senza troppi aggrovigliamenti, è interessante, perché vi palpita veramente la vita, e si svolge via via, con inflessibile logica di disgrazie, che sono sempre la grande parte dell'esistenza; onde, attraverso l'allegria della forma, si sente un largo fondo di mestizia che sale fino a invadere tutto nella chiusa: Rassegna funebre. In quest'ultima parte, a beneficio della contessina Rosilde, ideale bellezza da Immacolata Concezione, angiolo diafano che si immalinconisce senza pur lo strascico di un marito degno di sublimarla a maternità, si ingemma un sonetto di Giovanni Camerana, "poeta austero, smagliante e profondo"; sonetto inedito per una Madonna nera, ispirato forse dal Nome di Maria del Manzoni, ma che olezza d'uno schietto sentimento di devozione campagnuola:

Ave Maria, che dalla nicchia d'oro

Nella rigida tua veste ingemmata,

Negra in viso, ma bella, ascolti il coro,

L'ingenuo coro della pia borgata.

Ave Maria, di stelle incoronata,

Curvo e triste nell'ombra io pur t'imploro;

La valle imbruna, è il fin della giornata,

Coi mandrian dell'Alpe io pur ti adoro.

Tu che salvi dall'ira del torrente,

Tu azzurra visïon nell'uragano,

Tu ospizio fra le nevi ardue, tu olente

Aura, in che orror mi affondo, in che agonia,

L'onta, il ribrezzo, il gran buio crescente,

Tu lo sai, tu lo vedi; - ave, Maria.

E questo sonetto che la pia e mesta contessina ingioiellava "nel suo aureo libro di devozione alla pagina delle litanie della Vergine" finiva per essere imparato a mente anche dal confessore di lei, l'arciprete don Lanterna - una delle più riuscite figure del romanzo. - Egli "trovava densa di grandiosità quell'invocazione bisognosa di fede che negli abissi della noia e dell'angoscia accomuna al povero contadinello l'artista, l'erudito, il ricco; vera dimostrazione del gran circolo più che cristiano, umano, più che umano, psicologico, spirituale".

E concludeva:

"La più sincera estrinsecazione della fede si è la carità: unica speranza, unica promessa di letizia".

Tutto sommato la trilogia del Faldella riesce uno dei più notevoli, robusti e sani lavori che siansi, in tal genere di letteratura, pubblicati in questi ultimi tempi: è un lavoro donde spira un potente alito di verità, e la cui lettura, mesta dopo tutto, fa aleggiare il pensiero in alti orizzonti con più intensa avidità del bene.

Ma la Giustizia del mondo, quantunque ultimo volume che sia apparso del Faldella, non è il suo scritto più recente; nel 1882 la Casa Editrice di Angelo Sommaruga pubblicava in Roma colla consueta ed arrischiata sua eleganza di formato, di caratteri e di fregi, pubblicava di lui: Roma borghese. Assaggiature, opera pensata e scritta assai tempo dopo il Serpe, e che ora tocca già alla sua seconda edizione.

Codeste assaggiature si riannodano, nel concetto, al Viaggio di Geromino a Roma; e l'autore ci annunzia già che verranno seguite da altri studi sullo stesso argomento.

Lo scopo di tale studio ce lo rivela l'autore nella prefazione al volume; prefazione che ha intitolata: Interno ragionamento per un'opera completa.

"...io avrei proprio in mente di intraprendere un lavoro che non fosse perfettamente inutile, un lavoro su Roma borghese (la chiamerei così, non per omaggio alla principesca famiglia di tal nome, ma per antitesi a Roma pretina, volendo dire Roma borghese per dire Roma secolarizzata; lo capisce un cretino).

"Nel mio lavoro vorrei raggruppare e fondere tutte le mie osservazioni fatte in un quattrennio filato di corrispondente giornalistico alla "Gazzetta piemontese". La presente condizione storica di Roma è riguardevolissima, perché unica nella storia. Imperocché la città che da due millenni e mezzo ne ha già viste e fatte tante, non è mai stata quale è oggi: diventata capitale della libera nazione italiana, e rimasta capitale del mondo cattolico; monarchica, e munita di molta licenza dai superiori per le pubblicazioni e le dicerie più rivoluzionarie”.

Con questi intendimenti, egli ci ha dati quattro saggi notevolissimi.

Il primo, Colonie buzzurre, è la fisiologia dei quartieri alti di Roma nuova, fatta con felicità di tocco, da acquarellista innamorato:

“I quartieri nuovi dell'alta Roma si accampano come una consolazione, un rimprovero e un insegnamento a certi quartieri della bassa Roma confusi, addossati, lerci, affatto ciechi o neppure leccati dal sole, ricchi di pulci; acciocché anch'essi si lascino saettare dai dardi e rinsanguare dai rivi di vita nuova.

“I gruppi delle nuove vie intitolate alle battaglie e agli assedi più belli del Risorgimento nazionale (Goito, Pastrengo, Palestro, San Martino, Gaeta) o nei nomi valorosi di Casa Savoia (Carlo Alberto, Vittorio Emanuele, Umberto, Amedeo,) o in quelli insigni e benemeriti di Cavour, Farini, Mazzini ecc. si contrappongono ai gruppi delle vecchie vie coi titoli imbruttiti di santi (San Stefano del Cacco, Santa Maria in... Cacaberis) o con quelli dei più umili mestieri (sediari, canestrati, chiavari, coronari), o con quelli degli stranieri Avignonesi, Portoghesi, Greci, Aragonesi, Spagnuoli ecc.”.

L'autore rende, con fresca vena di umorismo, l'interno di talune famiglie d'impiegati piemontesi dalle rendite sottili e dalle bocche numerose e voraci, che meditano e rimeditano, col bilancio alla mano, la spesa di un soldo, quale era appunto la famiglia Berleris:

“Tutti gli otto bambini, avviluppati in un lusso di tovaglioli intorno al collo, pranzavano con un solo uovo lessato col guscio (a la greuja). Scocciato sulla punta, si piantava nell'ovarolo o nella saliera, in mezzo alla tavola. I bambini, per ordine di età, vi intingevano il pane grissino dentro. Una volta, Emanuele, il più piccino e più birichino, sprofondò due volte di seguito nell'ovo il suo grissino; e la mamma, spiritata, gridò: - Guarda che 't chërpe. Bada che scoppi!”.

E Faldella prosegue cesellando squisitamente, per finire con uno slancio lirico, augurando la fusione dei vari tipi italiani in nuove ebbrezze di forza e d'amore, colla speranza che “crescano figli forti e illuminati, che congiungano gli esempi di Furio Camillo e di Camillo Cavour, di Pietro Micca, di Cola da Rienzi e di Ferruccio...”.

Così, sognando con epico sentimento di patria rigenerata, gli par di vedere “le statue equestri di Emanuele Filiberto e di Marco Aurelio camminare di conserva e passare sotto il futuro grand'arco di Vittorio Emanuele, glorioso come quelli di Settimio Severo, di Tito e di Costantino”.

Il secondo studio intitolasi L'Arcadia, e nella prima parte è divertentissimo. L'autore incamminandosi la sera del 7 marzo 1880 verso il Serbatoio dell'Arcadia romana (palazzo Altemps) credeva “di dover scendere in iscavi” a ritrovare e “ricostruire una bellezza di mondo antico, il mondo metastasiano del Settecento, delle villanelle artificiali, srugginite, merlettate, profumate, incipriate, scollacciate, e palpitanti nei tiepidi avorii, e dei pastorelli di ciccia prelatizia, le zazzere mantecate, le facce rosse e lisce come pesche nocciuole, l'alito di rosolio, e i fruscianti codazzi serici di porpora o di viola: il mondo di Amarilli e di Mirtillo, di Corisca ed Ergasto, di Dorinda e di Dameta, di Fillide e di Elpino, di Aurisba e di Comante ecc.”.

Egli descrivendo la sala affollata del serbatoio ha fatto un quadro ammirabile, degno del pennello di Ruysdael.

“In fondo della sala c'è una galleria per il pubblico di minor conto, come a dire seminaristi e pedine, mogli e figliuole dei maggiordomi clericali, parrucchieri, tonsori delle chieriche; nella platea fittamente insediati abatini di primo canto, abatoni, domenicani dal collo ingrassato nel bianco scapolare, facce tonde di minori o nulla osservanti, cappuccini austeri, asciutti, colle palpebre soccallate, la barba che lista il petto, ambe le mani sul rialzo delle ginocchia accavallate; nelle sedie chiuse un canestrone di canonici, monsignori, prelati lustri inzuppati di rigoglio come frutte mature, mozzette violacee a iosa, una fiera di vescovi e arcivescovi, e finalmente nei seggioloni d'orchestra una mezza serqua e più di cardinali: Alimonda, Meglia, Davanzo, Pecci, Pellegrini ecc., dal rosso zucchetto sigillato sulla cervice come un'ostia da lettere".

Quindi, pennelleggiate sempre con vigoria di colorito, sfilano le moderne pastorelle appetitose che rendono gli occhi lustri ai seminaristi; sfilano turgide nella descrizione del Bosco Parrasio, ricetto estivo sul Gianicolo; ma il bozzetto così spigliato nella mossa ed in tutta la prima parte, si impiomba sul fine in una stanchezza improvvisa, ed avvizzisce in un sermone che l'autore volle fare a giustificazione presente e passata della belante ed infiocchettata Accademia.

Viene poscia nel volume La morte di un giornalista, e sono pagine commoventi dedicate a Salvatore Farina, che narrano con forte e pietoso sentimento di fraterna amicizia la morte di Roberto Sacchetti, l'autore di Cesare Mariani, di Tenda e castello, Castello e cascina, Candaule, ed Entusiasmi; l'amico ed il confortatore di Praga, del quale continuò le Memorie del Presbiterio, ultimandole e dettandone pochi giorni prima di morire, dal letto, la prefazione.

Roberto Sacchetti "consumatosi nella lotta" era venuto a Roma quale corrispondente ordinario della "Piemontese", quando il Faldella assidevasi in Montecitorio, ed i due amici continuarono fraternamente la loro vita di giornalisti; ma la morte doveva abbattere d'improvviso il Sacchetti nella pienezza della sua gagliardia intellettuale; il lavoro eccessivo, a cui si condannava, lo aveva prostrato.

Il Faldella lo ha ritratto stupendamente con squisitezza di tocco:

"Sacchetti era silenzioso. Davanti alle prime impressioni, egli non era espansivo: raccoglieva, filtrava, assimilava... guardava fissamente mutolo coi suoi occhi orientali e colle tempie rosse e secche. Diventava poi espansivo parlando e scrivendo, quando si trovava nel secondo periodo di riferire le cose mentalmente elaborate, digerite...

"Allora eterizzava, elettrizzava, polarizzava, magnetizzava, fecondava, completava le impressioni sue ed anche quelle sentite da altri".

E più oltre, quando narra degli ultimi momenti del povero artista, l'autore ha un'elevazione gagliarda nella mestizia, che turba profondamente l'animo:

"Eravamo nella camera io, il domestico di Mora, un selvaggio della campagna romana, e la giovane portinaia, Isolina, una Ofelia toscana.

"Mi ricordo, come di una visione, dell'apparizione d'una giovane signora, sconosciuta, forse una compagna di collegio di qualche signora parente di Sacchetti, la quale le aveva telegrafato per quell'ufficio di misericordiosa assistenza.

"Quella signora elegante, esile e bella, con un collo sottile che pareva un gambo di fiore, fu l'ultima coraggiosa infermiera che si curvò sul letto dell'ammalato.

"Egli, che conservava forse il sentimento estetico, se ne dimostrava negli occhi contento, come all'apparizione di un angelo al suo capezzale di morte... e interrogava me collo sguardo, quasi per saperne il nome. Le sue mani, l'una nelle mie mani, e l'altra nelle mani della signora, brancicavano con soddisfazione di pace; sopravvenivano telegrammi che mi invitavano a baciarlo. Lo baciai sulla fronte...".

E Roberto Sacchetti passò serenamente.

Vien quarto ed ultimo assaggio di Roma borghese, Un viaggiatore piemontese, il quale è nientemeno che il capitano Celso Cesare Moreno, celebre nei due mondi e speciale martello, per qualche tempo, del giornalismo italiano, uomo di merito e di azione dopo tutto, tipo da capitan Dodero, o da viaggio straordinario di Jules Verne, tipo che il Faldella ha studiato e pennelleggiato con vivacità ed energia nel suo gustoso studio.

Nello scrivere queste assaggiature il Faldella tenne certo a mente il consiglio di Giosuè Carducci; l'aria circola frizzante a ravvivare i periodi; vi è minor affastellamento di colori, quindi il colorito è più discernibile e vivace; e l'originalità dello scrittore vi appare più salda nella sapiente parsimonia dei vocaboli scelti con più acume, disposti con più misura; onde un effetto più intenso. Lo scrittore, via via, si è venuto facendo meno arzigogolato e più elaboratamente individuale; cosicché la sua potenzialità è maggiore. Infatti il lettore meglio si assimila le sue idee, e più nette scorge le cose che egli rende con frase immaginosa e nuova.

Faldella usa sempre largamente i paragoni, e questa è una sua ricchezza, poiché per mezzo dei paragoni si pone in evidenza il nesso arcano che collega tutto, uomini e cose, ogni più varia manifestazione in una colossale ed eloquente parentela. Certo non sempre le immagini sono esatte; e per voler troppo rappresentare a volte egli si sforza, falla il segno, fa sorgere una nebbia di frasi sulle cose, o si confonde in pieno barocco; allora ne vengono fuori certi suoi periodi che molti giornali si compiacquero a porre in evidenza, tacendone quelli di bellezza tersa e cristallina: ne vengono fuori trovate di questa sorta: "La signorina Battistina, con le mani incrocicchiate sui ginocchi, con il busto leggermente penzolo come statua della fiducia in Dio, o come colomba che stesse per pigliare il volo, con un sorriso da cherubino sul bottone delle labbra e gli occhi bucati da tagli di diamante, annuiva, applaudiva ecc.".

E quest'altra:

"L'arciprete si fregò le mani, e poi, ripostosi un dito nella fossetta della gola, fece dei nastri per la stanza".

Forse sarebbe stato più chiaro, più esatto dire che faceva la spola per la stanza, ché dei nastri non ne lasciava davvero.

Questa frase fare dei nastri, per il passeggiare lungamente e ripetutamente nello stesso luogo, che si dice pure fare le volte del leone in gabbia, quantunque sia una frase adoperata dal Giusti nell'Epistolario e da Edmondo De Amicis e sia usitatissima in Toscana, specialmente a Pescia, che ha una piazza lunga e stretta, dove la gente va a fare i così detti nastri, è una frase che mi sa di tenia. E la frase dialettale monferrina "dormir sodo come una ripa" ha una pretesa omerica senza fondamento.

Ad ogni modo, come ebbe a scrivere Théophile Gautier in Fortunio, ogni montagna suppone una vallata, come una torre suppone un pozzo; né si può avere l'altezza siderea senza la profondità equivalente. E un artista indipendente, come il Faldella, che colla squisitezza di un temperamento eccezionale ritrae colla penna il mondo da lui osservato ed intuito; e lo rende colle sensazioni genuine che gli sorgono spontaneamente ed improvvise nell'animo e nella mente, subisce inevitabili prostrazioni tanto maggiori quanto più è affinato il suo senso artistico. Ed in quelle prostrazioni inconsce, pur producendo immagini per la ressa delle idee, egli deve necessariamente riuscire meno felice e meno efficace. E fors'anco, segnatamente nei suoi primi lavori, per la foga che gli prese di ingolfarvi dentro una quantità di piemontesismi, di frasi scelte e di modi di dire classici, di proverbi locali, senza badare se ne meritassero l'alto onore, o se fossero locuzioni già corrotte destinate a sparire dall'uso, o a restringersi in una limitata cerchia vitale, accadde che molte parti dei suoi lavori rimasero incomprensibili dalla maggioranza dei lettori; e quindi affette da una tal quale paralisi progressiva. Ma il suo stile si è col tempo forbito, si è fatto più lucido, quindi dà più facili effetti, talché gli aumentano ogni giorno i lettori; i quali, fatta la bocca, mordono con festevolezza avida, nel frutto un po' agretto ma sano, ma tonico. Ed ora, anche oltre le immani ondulazioni dell'Atlantico, egli conta lettori; poiché, di recente, un immenso giornale americano ha pubblicato un succoso studio su di lui.

"Una gentile signora, - ricorda Nino Pettinati - artista essa stessa, paragonava testè i libri del Faldella a certe musiche tedesche. A primo udirle - essa scriveva - e specialmente per chi non v'abbia l'orecchio un poco avvezzo, sembra che riescano soverchiamente affollate di note, di astruserie, di piccinerie, talora persino di stonature e di caricature. Ma poi riudendole bene si comincia a sentire che sotto tutto quell'avviluppo la melodia si svolge piana, dolce, ineffabilmente espressiva, e alla fine quando si cerca un modo di semplificarle, queste musiche, ci si accorge che ognuna di quelle note, di quelle astruserie, di quelle stonature è la melodia medesima...".

Paragone signorile codesto, che esprime con fínezza di gusto artistico, l'effetto che veramente fanno le pagine dello scrittore piemontese.

Sul finire dello scorso anno 1883, nell'affermarsi della Pentarchia politica in opposizione al Patriarcato di Stradella, il Faldella, invitato specialmente da Giuseppe Zanardelli e dal Roux, si risolvette ad essere collaboratore straordinario del nuovo giornale di opposizione diretto dal predetto deputato Roux "La Tribuna". Lo si vide allora ricomparire a Roma a meriggiare sul Corso, tranquillo osservatore ed investigatore della via; a furettare appassionatamente in mezzo a bibliotecari stagionati e preti tabaccosi, tra i libri vecchi, tarlati, ammonticchiati il mercoledì sui banchi di Campo di Fiori, come in ogni ricettacolo di carte stampate; lo si vide extra muros a passeggiare serenamente riflessivo fra ruderi venerandi insieme con amichevoli ed eleganti compagnie.

Ma nella "Tribuna" egli scrisse pochissimi articoli politici; a quando a quando vi pubblicava invece pensati articoli di arte, riviste, studi letterari, sociali; così vi scrisse con acume di Flaubert, con finezza di Sbarbaro, con intendimenti filosofici del carnevale, con elevatezza di concetti e di giudizi in morte di Francesco De Sanctis ecc.

Poscia d'un tratto sparve, e si seppe che, avido di paesaggio e di sole, era corso a rifugiarsi nel suo villaggio.

Giovanni Faldella è di mezzana statura e di robusta complessione; ha testa forte, voluminosa, fronte ampia, pallida, vigorosa, da pensatore; capigliatura violenta, foltissima a ondulazioni castane, occhi miopi ceruli, d'una dolcezza femminea, i quali, come quelli del Daudet, vedono tutto e tutti, soccorsi dalla concavità delle lenti; ha naso dritto, accentuato, guance colorite dalla salute, baffi e barba d'un color alquanto più chiaro dei capelli: una barbetta "appuntata e lunghetta che ricorda il profilo degli antichi mitologici protettori delle selve, grandi adoratori di profumi campestri, di gradazioni di tinte verdi, di succhi d'erba, di rezzi e di boschi intricati" come scrisse di lui il nomade, fertile, audace e geniale poeta socialista lombardo Fernando Fontana. Fra le curve morbide dei baffi si scorgono soventi le sue labbra rosee a schiudersi ad un sorriso buono. Ha indole quieta ma capace di scatti improvvisi che tosto si posano; cammina sollecito, e lietamente contento della vita che lo accarezza, e dell'arte che gli procura profonde, intense ed intime soddisfazioni.

Chiacchiera volontieri, con abbandono fiducioso, ed è espansivo cogli amici intimi, colora le frasi a rapidi tocchi, con smaglianti pennellate di parole immaginose, e rifugge dalle noie, da ogni lavoro che non torni armonico alla sua indole libera, alle sue tendenze intellettuali. Sente profondamente l'amicizia, e ne diede ampia ed affettuosa prova nell'assistenza che fece, con altri amici, al povero Roberto Sacchetti agonizzante; simpatizza vivamente per i caduti, per quanti soccombono alle strette della necessità, pur avendo ingegno, ma che non trovano la loro via; per quanti si ribellano alle pressioni ed ai freni artificiosi della esistenza, alle ingiustizie elevate soventi a dignità di legge, dimostrando in tal guisa di essere qualche cosa, una individualità che abborre dall'assorbimento e dallo scoloramento. E sovrattutto egli ama gli spazi ampi all'aria aperta, ossigenata, le linee quiete e grandiose della campagna che baciano l'immensità azzurrina del cielo.

Nella sua Saluggia, egli vagabonda osservando e meditando. E nella pace fruttifera della sua camera da lavoro, fra gli alti scaffali che salgono, densi di volumi antichi e moderni, ad intonacare le pareti, fra il silenzio alto che gli è necessario, appena ombrato dalla gaia pispilloria degli uccelli fra gli alberi, egli accatasta le sue nitide cartelle, miniando, con serena coscienza di artista, le idee che gli si affollano festosamente in capo, facendo rivivere le cose studiate con amore, i paesaggi ed i costumi contadini che analizza con estrema finezza, e le scene tormentose dei grandi centri, nei quali si è tuffato come l'ape operosa nel fiore a raccogliere l'essenza mellifera. Ed a Saluggia egli ha composto i suoi migliori lavori, forse perché l'ingegno suo si fa più potentemente produttore sotto l'alito carezzevole della mamma venerata, che in lui giustamente s'inorgoglisce; sotto l'azione della parola tonica, altamente onesta del padre suo, buon vecchio dalla vita intemerata, medico dotto e benefico del suo paesello del quale fu sindaco sin dal Regno di Carlo Alberto, amico caro a Luigi Carlo Farini, con cui faticò eroicamente per combattere il colera in quelle terre, uomo di ingegno aperto e vivace, al quale solo una modestia eccessiva e l'amore ineffabile della casa, della famiglia e del villaggio tolsero di rendersi più largamente noto prendendo più intensamente parte alla vita pubblica.

Ed in quel mite e dolce ambiente patriarcale Giovanni Faldella, ormai nella piena virilità del suo forte ingegno, che assurge spiccatamente fra gli ingegni più vigorosi ed originali dei nostri giorni, ci potrà dare nuove opere improntate a gagliardia di concetti e ad elevatezza di intenti, nella schietta rappresentazione della vita.

CARLO ROLFI

Roma, aprile 1884.

DEDICA

Al Prof. avv. Nino Pettinati

[La Dedica di Faldella a Nino Pettinati precedeva Una serenata ai morti nell'edizione del 1884.]

Caro Nino,

Mi tarda significarti in pubblico il riconoscente affetto, che a te mi lega. Io che da due lustri e più cammino come un solitario viandante in questo così detto campo delle lettere (con poche scorribande politiche fatte per ingenuità di coscienza) e finisco per riposarmi soltanto nell'eremo del mio studio e della mia famiglia, sono particolarmente grato alle poche anime affini, ai cari amici che mi riconoscono, mi confortano, mi sorridono, mi accompagnano o mi visitano nella mia solitudine.

Fra queste anime comprensive c'è la tua, mio ottimo Nino, che principiasti ad essermi amico, appena mi hai letto, e tosto illustrasti i miei poveri libri con diffuse bibliografie, in cui mediante la tua prosa fluida, colorita di affetto ed elevata di sentimenti come un poemetto di famiglia, hai fatto vedere facilità e luce, dove io aveva messo sforzo ed ombra; e svolgesti rigogliosamente i miei germi d'arte intirizziti o contusi; tantoché inspirasti pittoricamente per me un gentile poeta; ed io preferirei candidamente che i miei lettori mi leggessero e conoscessero ognora non nel mio testo, ma nelle tue rassegne.

Né tu fosti soltanto per me amico benevolo nel campo delle lettere che si vantano amene; ma mi hai seguitato nelle gravi e spinose noie della politica; sei intervenuto a battaglieri banchetti elettorali ed operai per raccogliervi i miei poveri discorsi, e come un invidiabile revisore e correttore parlamentare li pubblicasti integrati, abbelliti dal tuo rapido e gentile ingegno di scrittore giornalista. E fuori delle lettere e della politica mi hai consolato e sorretto in scoramenti tristissimi.

Ora per rimeritarti di sì larga cortesia, ti scaravento addosso la mia prosa più villana, che i malevoli non tarderanno a gridare scurrile e brutale.

Ma se queste osservazioni greggie e rabbuffate io metto sotto gli auspici di te, che vai ravviato come il tuo nome e sei corretto come un gentiluomo della tua materna Inghilterra e sei il bozzettista degli ideali di famiglia, e sei il modello degli sposi e dei babbi e sei altresì argutamente fine come la nativa tua sagacità genovese, ho voluto appunto significare che le mie intenzioni non erano grossolane, né laide, né bestiali.

Se io tento di escuotere con la mia penna ogni angolo di vita sociale fino al tanfo delle osterie, e proseguo la sinfonia di una sbornia fino all'orazione o al sacrilegio, gli è perché credo che a conoscere e a riferire che cosa sia e che voglia la società presente (scopo d'ogni arte non sfaccendata) bisogni proprio affondare il bistorì nei tumori sociali ed osservarne con paziente microscopia gli sgorghi e le squarciature.

A raggiungere questo scopo di conoscenza artistica e di ragguagli scientifici, ritengo non basti rendere con le solite frasi le usuali virtù dei libri scolastici, che non fanno più presa.

Ritengo non basti neppure raffigurare soltanto gli artifiziali spasimi della società gaudente, ladra od oziosa, che fa principale occupazione della vita gli amorini e gli amorazzi senza cuore e senza cure morali. A svolgere con sapiente bravura le volute di quelle nebbie erotiche si attraggono certamente le voglie e si usurpa a buon mercato l'ammirazione del pubblico, come ad una potenza, ad una ricchezza e ad una raffinatezza romantica e nevrotica. Invece è un frigido e scettico lenocinio, e una venale cantaride per le alte cortigiane scioperate.

L'evaporazione sensuale che si dipinge dalle eleganze corrotte è imbiancatura di sepolcri, e fumo di verniciato letamaio, è alito affannoso di una società che basisce, esalando retoricamente l'ultimo sospiro.

Forse i germi della nuova vita sociale si trovano nelle terre vergini, nelle plebi.

Quali siano gli accomodamenti che potranno appianare al termine di questo ciclo storico le perpetue differenze fra le varie commettiture sociali, non è del romanziere o del novelliere il dirlo.

Ad esso incombe il dovere che Giuseppe Mazzini assegnava ad ogni artista di "interrogare la vita latente, addormentata, inconscia del popolo".

Se da tali inchieste coscienziose, che intraprenda coraggiosamente l'arte non schifiltosa, verrà a riconoscersi che c'è molto marasmo spirituale e molto predominio animalesco in questa defezione di fedi, e che sopra tutti i disgusti del presente e fra tutti gli apparecchi di rivoltoloni e disgregazioni per l'avvenire, appena permangono vincoli immarcescibili la religione dei sepolcri, la santimonia della famiglia, la redenzione e la salubrità fisica e morale del lavoro e la fratellanza patria ed umana, noi per siffatto modo avremo indicati agli apostoli i concetti, che essi dovranno fomentare, gonfiare od ingrandire per la salvezza comune.

Così io, intitolando a te queste cattive e brutte scene plebee, confido di portare il mio piccolo tributo alla gentilezza ed all'estetica del bene.

Addio.

Il tuo GIOVANNI FALDELLA.

Saluggia, 17 marzo 1884.

APPENDICE

A Parigi

Viaggio di Geromino e comp.

I VIAGGIATORI

La signora Goldi, oltre a quel suo famoso cappellino, aveva per nota particolare quindici anni di più di suo marito e quindici centimetri di altezza sul livello del cappello di lui.

Essa portava ancora il crinolino gonfiato a pallone, come si usava nei tempi che precedettero l'unificazione d'Italia; e con ciò essa credeva di essere così ammirabile, che anziché diminuire pensava sempre di accrescere la sua sferoide; né aveva mai potuto o voluto accorgersi dei cambiamenti radicali della moda.

Ma l'areostata, dopo di essere salito vertiginosamente alle stelle mentre essa infilava lo sportello del vagone, aveva poi dovuto sgonfiarsi e affaggottarsi umilmente in un canto sotto gli sforzi uniti di tutti i viaggiatori.

Quindi oramai ciò che inquietava sopratutto la vista di Geromino era il cappellino di lei, da cui egli non sapeva distaccare gli occhi. Egli diceva fra sé: Che ne diranno mai i parigini, che hanno tanto buon gusto? I cavalli delle vetture cittadine vorranno mangiare tutta quella insalata e quel fieno, che si fa distinguere sulla sua testa; i birichini vorranno portarle via tutto quel frutteto di ciliege, fragole e pere che le dondola sulla nuca; i camerieri d'albergo crederanno di trovarvi un giardinetto bello e preparato... Ah! per fortuna, che si rizza in mezzo a tutto quel podere lo spauracchio della alabarda rossa...

Sopravanzato questo pensiero consolante, Geromino si consolava vieppiù voltando lo sguardo dalla signora Clitennestra alla sua diletta moglie, che aveva dieci anni meno di lui ed era appena due centimetri meno alta di lui. Era grassoccia, pienotta, aveva più chiaro del suo solito il suo viso contento da Gesù bambino.

La signora Angelica Giacomina Geromino era una giovine signora, che aveva più bontà che ingegno. Però la sua bontà era grandissima, e il suo ingegno non era difettoso.

Attraverso a quella fisionomia aperta, e più specialmente, attraverso i suoi occhi grandi ed azzurri passava una floridezza, una limpidezza e un riposo di cose per bene, leali, innocenti, sincere, di cose di famiglia e quasi da ragazzina; ma non passava mai un pensiero cattivo e neppure una caricatura.

Essa aveva saputo acconciarsi a meraviglia, si sarebbe detto, che aveva potuto estrarre dall'ultimo figurino tutto ciò che è bello, è vero, è sostanziale, e lo aveva separato da tutto ciò che è esagerato ed è messo soltanto per far spendere o per darla ad intendere.

Geromino guardandola con soddisfazione ed importanza affettuosa: - Oh! mi farò onore a Parigi con mia moglie! - si diceva e si affermava a sé stesso con la sicurezza impareggiabile dei mariti.

Si può facilmente indovinare quali fossero i sensi, che la signora Clitennestra Goldi nutriva verso la signora Angelica Giacomina Geromino; erano quei sentimenti che due spalle ossute così dette da corista, ossia due costolette spolpate, possono nutrire verso due spalloccie rotonde e ben tornite, due mila lire di dote, compreso il corredo, verso 200 mila lire in contanti e quaranta anni verso ventiquattro.

Però questi sentimenti di invidia erano domati in lei da uno spirito di sommessione burocratica e dalle prediche del marito che la facevano persino travolgere troppo spesso in ismancerie di adulazione e di servilità.

Le deferenze verso la famiglia del sindaco erano i principali anzi gli unici punti, su cui Pino Goldi esercitava e ribatteva la sua autorità maritale.

Del resto il suo buon umore gli permetteva di non incaricarsi e di non affliggersi troppo della moglie. Egli conduceva e aveva sempre condotto una vita esteriore. A venticinque anni egli poteva già contare di avere fatti più di venticinque mestieri, che si trovava di avere realmente principiati. Educato in seminario, ne aveva esportata la nota malizia che usava a minuti per confonderla presto in una cordialità spensierata. Aveva cantato da tenore sui teatri, aveva fatto il gazzettinista a Milano, aveva fatto un po' il caricaturista a Firenze, aveva pensato di prendere la laurea, ma, appena superato lo scabroso esame di licenza, nello stesso mattino, in cui aveva stabilito di recarsi a Torino per l'ammissione all'Università, era andato sul Lago Maggiore con una artista disoccupata. Aveva avuto i suoi momenti di celebrità per certe appendici musicali, e aveva pensato un istante di riuscire un grand'uomo; poi era finito segretario comunale in un villaggio alpino. Per isfuggire a Torino una zitellona sua vicina di pianerottolo, egli si era raccomandato al suo antico compagno di scuola, l'avvocato Geromino, perché gli facesse ottenere il posto vacante di Machiavelli di Monticella.

Installato segretario comunale in quel luogo igienico, messa su serva e casa (un alloggio di 12 membri ben esposti per 120 lire annue) egli si riteneva completamente scampato ai pericoli della ragazza del pianerottolo torinese, quando si vide comparire innanzi lei, la signorina Clitennestra in persona, mandargli via la serva, impadronirsi lei della cucina, prendere possesso della credenza, lavargli sulla faccia i bicchieri e le tazze da caffè e dirgli risolutamente, che non si muoverebbe più da quella camera, se egli non la sposasse.

Il povero Goldi pensò, che per levarsi provvisoriamente quella seccatura, era meglio prendersela in perpetuità; pensò altresì che era corto a calze e a pezzuole, e che la signora Clitennestra doveva essere ben fornita di biancheria. Insomma se la sposò con l'intima persuasione, che avrebbe sposata qualsiasi altra, la quale avesse saputo prima di lei usare con lui un trattamento egualmente energico.

Fatto il matrimonio, egli si trovò contento di avere acquistata una moglie più vecchia e più brutta di lui. Trovava comodo di avere in casa chi lo stirava, lo rammendava, lo consigliava e gli faceva da cassa di risparmio con interesse coniugale e non con intento mercenario. Egli aveva i vantaggi del coniugio e della famiglia senza le seccature della figliuolanza, della gelosia e dei soverchi timori inspirati da Balzac sulla fedeltà femminina; imperocché la signora Clitennestra con la sua figura di una giraffa, aggirantesi nella più accertata sterilità di un deserto, era proprio al riparo di ogni tentazione, anche del demonio.

Pino alla fine d'ogni trimestre rimetteva alla moglie il mandato già firmato dello stipendio, cui riscuoteva poi dessa dall'esattore, dando al marito cinquanta centesimi al giorno per le consumazioni quotidiane, che gli permetteva fuori del santuario domestico.

Così, dal fortunato possesso d'una moglie, che portava lei i calzoni, egli era impedito di profondere tutte le sue entrate all'osteria, come soleva fare prima; si trovava pagato il fitto, il salcicciaio, il sarto ecc., senza che egli pure se ne accorgesse; - sapeva per di più che sua moglie tesaurizzava nella Cassa Postale, mentre egli ai tempi del celibato si era sempre dichiarato ed era sempre stato un illetterato del risparmio. Per giunta il soprappiù dei minuti piaceri largiti quotidianamente dalla moglie egli se lo guadagnava lautamente a tarocchi, in cui era professore abilissimo, dando lezioni molto retribuite allo studentino nipote del parroco e agli altri novellini dell'Antico albergo della volpe.

Aveva anche la consolazione di esilarare sé stesso e il prossimo chiamando sua moglie mamma! o salutandola per sua veccbia, o raccontando ai tarocchisti da lui pelati le serie e frequenti quanto infondate preoccupazioni che essa provava consultando dottori ostetrici e levatrici più o meno approvate, e votandosi alla Madonna d'Oropa, di cui essa era però sempre scontenta.

Come si vede, Pino Goldi era un cervello un po' scarico, e non solo scarico, ma incapace di qualsiasi carico, gravità o peso specifico; e lo dava subito a divedere all'aspetto: un aspetto leggero, di poca importanza, una faccia fra l'Esopo ed il clown, fra l'intontito per disegno e il corbellatore per caso.

Quando egli si trovava fermo per qualche necessità davanti a una cantonata o era lasciato due minuti solo col sigaro in bocca, egli architettava già la caricatura, ruminava già la facezia, con cui avrebbe fatto ridere la brigata al suo prossimo comparire.

A Geromino egli dava sempre del tu, ma condito di quel rispetto, che un uomo sapendo di non essere serio, professa sinceramente verso gli uomini di polso, e circonfuso di quella sollecitudine ubbidiente che un povero diavolo stipendiato tributa al personaggio ricco, capo dell'amministrazione che lo stipendia.

Quindi egli accompagnava ognora il tu con un signore o sindaco o avvocato, non osando mai dire puramente e semplicemente: Geromino, prestami, ma dicendo sacramentalmente: fammi il piacere, sindaco, o avvocato, o signor Geromino di ecc.

Geromino d'altra parte non ismentiva certamente per nulla l'amicizia da compagno di scuola che lo legava al suo subordinato, però si permetteva spesso e assai volentieri di correggerlo e di strapazzarlo per fargli del bene, s'intende; e se ne serviva altresì per comodo proprio. Gli faceva copiare le sue relazioni, le sue monografie e i suoi articoli più o meno amministrativi, con la più precisa e più dichiarata intenzione di non lasciargli frequentar troppo l'osteria; intanto risparmiava a se stesso un copista privato; - gli faceva cercare le parole del dizionario; - quando voleva palesare in paese un secreto del potere, lo propalava al segretario; e la parrocchia, il Comune, i travi pubblici, tutti i tavolini e i tavoloni da tresette e tarocchi erano serviti nello stesso giorno a meraviglia.

Da ciò si può con qualche fondamento arguire, che l'avvocato e sindaco Geromino, oltreché lodato e lodevole per la sua bontà e ingenuità e qualche volta per la sua serenità ed arguzia, aveva eziandio uno spirito, come si dice, eminentemente utilitario, e senza soggezione, sbrigativo, che voleva colpire subito perpendicolarmente la verità e i vantaggi delle cose e delle persone, anche a costo di passare o di riuscire un tantino vanitoso, indiscreto e seccante.

Quindi non è da stupire, se nei pochi giorni preparatorii della gita, egli aveva voluto ferrarsi molto bene anticipatamente di tutte le nozioni necessarie ed utili sui paesi che avrebbe visitati, per risparmiare poi tempo e disagi, ed evitare molte delle mille difficoltà che il Cancelliere confessò di avere incontrato sulla faccia del luogo.

Perciò, oltre a un corso preliminare di lingua francese, a cui aveva assoggettato eziandio la moglie, egli aveva ristudiato sulla Storia d'Europa del Ricotti (quella stessa che gli aveva servito così bene nel liceo) i principali rivolgimenti francesi; e per fare poi uno sfarzo scientifico letterario con sé stesso, con i suoi compagni e con quanti avrebbe incontrato nel viaggio, aveva ricercato e rivedute le impressioni dell'andata e del soggiorno a Parigi di molti illustri italiani, specialmente dell'Italia settentrionale, fra cui Vittorio Alfieri, Carlo Botta, Angelo Brofferio, e Cesare Beccaria, che secondo lui andò fra gli Enciclopedisti imbrogliato come una comare; - aveva riletto i libri umoristici su Parigi di Sterne, di Heine, di Taine e del dott. G. Raiberti; - aveva con una spesa riguardevole fatto acquisto delle rinomate Guide Baedecker e Joanne; e vi aveva studiata la carta della grande città, facendosene presto un concetto esatto, come l'avesse costruita lui.

Ora, mentre il treno rullando guadagnava terreno a precipizio, e mentre la signora Goldi manifestavasi di pessimo umore, forse perché nessuno dei paesi finora trascorsi aveva applaudito alla sua penna rossa, o salutatala colla musica e coi mortaletti, - il buon sindaco spiegava beatamente sulle ginocchia alla sua signora la pianta di Parigi, indicando i giri concentrici degli antichi bastioni e le enormi spaccature Haussmann.

A un tratto, levando gli occhi, colse in fallo la faccia del Goldi tra l'ilare e l'imbrogliato, come chi è sorpreso a preparare qualche corbelleria da spacciare presto. Forse il cattivello stava per dire qualmente, essendo venuti di moda i piccioni viaggiatori, egli e sua moglie si erano creduti in obbligo di viaggiare anche loro; ma Geromino gli ruppe in bocca qualsiasi sciocchezza, dicendogli con amichevole confidenza e impero sindacale: - Non cominciare a farmi il poltrone adesso; prendi il temperino e lavora.

Quindi estratti dalla coperta da viaggio due volumi intonsi, glie li diede, perché tagliasse loro i fogli. Erano lo Zig Zag per l'Esposizione Universale di Folchetto e il Ventre de Paris dello Zola.

Un gradevole lavorio da celle d'alveare ferveva nelle teste dei nostri viaggiatori. Essi tiravano di indovinare Parigi da ciò che vedevano per istrada ferrata.

Sulle pareti di qualche stazione lessero un cartellone che portava scritto: - SOCIETÀ PER L'OSSERVANZA DELLE FESTE COMANDATE: - Nella celebrazione della domenica è riposto il principio più fecondo del nostro progresso avvenire: - L'industria è fatta per l'uomo, e non già l'uomo per l'industria; - Il riposo festivo è il primo comandamento della legge dell'Igiene... e altri motti e sentenze di scienza sacra o sacrestana, naturale o contorta.

- Ecco Parigi del Sacro Cuore! - preconizzò Geromino.

Fatto l'asciolvere (un pezzettino di carne con una abbondante guernitura di piselli, patate, rape, cocomeri ecc. ecc.) nel pagare il conto (addizione in francese e sottrazione in italiano secondo Goldi) questi volle dimostrare: - Ecco Parigi economica!

Nelle fermate di venti minuti, vedendo discendere dal treno alcune avventuriere dirette anch'esse a Parigi; creature pompose con i capelli gialli, con le sopracciglia dipinte e con tutta l'acconciatura propriamente clamorosa, perché scodinzolando o dando colpi di mano sugli svolti della veste suscitavano veri sconquassi di fruscii, - la sindachessa ebbe un tremito di vergogna, e dovette intervenire Pino Goldi a dire per lei: - Ecco Parigi immorale!

La segretariessa non aveva in mente altro pensiero fuorché questo: - Ah! Parigi deve essere una città propriamente bella, perché lo dice persino La Traviata: Parigi, o cara!

Questa era l'unica erudizione su Parigi, che albergasse in quel cervello da cicogna, oltre alla vecchia raccolta di un giornale delle mode regalatale dall'Agente delle Tasse.

Ben diversa era l'erudizione, presso che ingente, che nell'avvicinarsi di Parigi si intralciava e tenzonava nella testa dell'avvocato sindaco.

La storia, la cultura, la civiltà, il genio francese sono così chiari, simpatici, stuzzicanti ed espansivi, che non è una meraviglia, se ce n'era entrato qualche poco nella testa di un sindaco rurale italiano, appartenendo questi alla categoria dei sindaci liberali, illuminati, spregiudicati bevitori di vino e consumatori di libri, di riviste e di gazzette.

In tutto ciò, che è veramente e genialmente francese, havvi un non so che di gaio, di facile e di allettante, che avvicina anche gli spiriti contrari, e fraternizza con loro, purché siano sani e di quel buon umore che è aiutato dal cielo.

Così al credente tollerante, di buon conto e dal capo scarico, piace di più la miscredenza di Voltaire, che la fede ipocondriaca degli anabattisti; e così pel sincero ed allegro amatore del popolo e della libertà è più ammaliante la memoria di Napoleone il Grande, colla sua lucerna calcata su quella faccia sbarbata da prevosto d'avorio, con le sue spalle alte, con il suo panciotto tirato, bianco e rotondo, con le lunghe falde del pastrano sollevate dal vento, con il cannocchiale, che guarda Austerlistz, con la mazza, che scrive un'operazione aritmetica sulla neve, con la bandiera in mano sul ponte d'Arcole, con tutti i fulmini delle vittorie a ripetizione da lui vomitate, come le scariche dei futuri fucili ad ago, con l'intiera personificazione del piccolo sottotenente d'artiglieria, innalzato alla altezza della Reggia, dell'Impero e dell'apoteosi del mondo; - dico, per il vero e semplice amatore del popolo e della libertà riesce più affascinante e più commovente la memoria di quel grande macellatore di popoli e di libertà, che non la realtà di puri congiurati repubblicani ristretti nell'ambiente fosco di una birreria.

La Francia è la fanfara, è la canzone, è la doratura, è lo sciampagna, è la verità nel vino, è l'entratura senza soggezione dell'abboccatutto, è il coraggio militare, lo spasso mondano, è la potenza dell'elasticità, è la novità della Moda, l'Olimpo moderno; e chi vuole convertirla o svisarla in un convento della trappa, la avvelena, la ammazza.

Per la stessa ragione ripugnano alla Francia, e per conseguenza a Parigi, che non solo ne è la capitale, ma ne è la schiuma, ripugnano gli spiriti timidi, malinconici, duri, oscuri, politici o morali, giudaici o nazareni.

Così Cesare Beccaria chiamato in Francia dagli Enciclopedisti, che volevano festeggiarlo per quel suo Vangelo Dei delitti e delle pene tanto benefico dell'umanità e della civiltà, sentì la battisoffia di Parigi, appena giunto a Novara; - da Chambery voleva già ritornare indietro; - con lo spesseggiare delle sue lettere, che sarebbero state ridicole se non fossero state pietose, si aggrappava alle veste della moglie lontana, come un bambino che piagnucola sul grembiule della mamma; - giunto a Parigi in mezzo al brillante accoglimento fattogli da quegli abati volterriani splendidi, rumorosi ed agevoli come la superficie della migliore seta canterina, egli rigido come la camicia da notte di un sindaco di montagna, chiuso come una marmitta, semplice e casalingo come una lasagna lombarda, - si trovò impacciato peggio di un pulcino nella stoppa; - egli, l'autore di un'opera di sugo filosofico maraviglioso, fu trovato da quegli spiriti eleganti ed allaganti tonto, buzzo e soturno come scrisse lombardamente Cesare Cantù; - e mendicando pretesti di salute, se ne ritornò più presto che in fretta all'ombra del suo Duomo e al tepore della sua sposa, quando prima di partire aveva disposto di fermarsi sei mesi a Parigi.

Così Vittorio Alfieri, la cui sublime mania di ferocia ferrea, tirannicida, greco romana ora sembrerebbe parodia da giornale umoristico, se non avesse spoltrito la nostra antica servitù cortigiana, - il conte Vittorio Alfieri da Asti, per un sequestro di carte e di calze, scriveva in questo tono al Presidente della Plebe Francese: "Il mio nome è Vittorio Alfieri: il luogo dove io son nato, l'Italia: nessuna terra mi è patria. L'arte mia son le muse: la predominante passione, l'odio della tirannide; l'unico scopo di ogni mio pensiero, parola e scritto, il combatterla sempre, sotto qualunque o placido, o frenetico, o stupido aspetto ella si manifesti o si asconda...

"Io adunque ridomando alla Plebe Francese i miei libri, carte ed effetti qualunque, da me lasciati in Parigi sotto la custodia del comune diritto delle genti civilizzate. Se mi sarà restituito il mio, sarà mera giustizia; se ritenuto o predato, non sarà altro che una oppressione di più fra le tante, che hanno alienato ed alienano giornalmente i più liberi e sublimi animi dell'Europa dal sistema francese...".

E Vittorio Alfieri trovava il cielo di Parigi più sucido del suolo fangoso che ha procacciato alla grande città il nome di Lutezia; e la gentilezza parigina egli chiamava frasario urbano d'inurbani petti - figlio di ratte labbra e sentir tardo.

Così discendendo dalle persone grosse alle piccine, ai tempi della banda zingaresca, brigantesca e sanfedista di Brandalucioni, quando il Piemonte era scorrazzato dagli eserciti russi, tedeschi e francesi, una volta il sacrestano di Monticella, che si recava al mercato con una cesta di uova e un mazzo di polli, fu assalito, saccheggiato e picchiato sonoramente per istrada da quattro soldati e un caporale alemanni; - ma egli, ritornato nel paese tutto lacero, svaligiato, pesto e bollato, - da uomo di partito e di convinzione quale era, ebbe la cura di spargere la voce, che erano stati non i tedeschi ma i francesi quelli che l'avevano derubato e malconcio, e ciò per accrescere l'antipatia contro le novità galliche, nemiche del vecchio trono e dell'altare.

Per lo contrario, Enrico Heine, benché elettrizzato dal più ampio spirito di libertà, - pure perché egli aveva la febbre beffarda, satanica, ardente e sitibonda del gusto ellenico e mondano - metteva in canzone gli spiriti rudi, puri e sofferenti dei suoi liberali compatrioti tedeschi, e folleggiava di carezze intorno a Parigi, come fosse stata il collo scollacciato di una ballerina, pure professando il timore di farle del male con le sue zampacce da orso alemanno.

Geromino non sapeva nemmeno lui se doveva atteggiarsi a Cesare Beccaria, a Vittorio Alfieri, ad Heine, o a sacrestano di Monticella nell'ordine dei sindaci campagnuoli rimpetto a Parigi.

Fatto sta ed è che nell'avvicinarsi alla Babilonia moderna egli sentiva una spasimata soggezione di accostarvisi.

Il treno si incanalava fra le abitazioni; e il dabben sindaco leggendo sulle porte e sulle finestre delle trattorie suburbane: Stanzini per nozze, salotti per brigate, sentiva scorrere sul suo cuore il diamante degli anelli, che rabescano motti osceni sopra il vetro degli specchi incrinati; sentiva il grido soffocato di fanciulle, a cui si faceva del male; guardava sua moglie, che si ripiegava su se stessa all'annunzio che si entrava in Parigi.

Pino Goldi aveva un aspetto da operetta buffa, la signora Clitennestra pareva attendere il prossimo trionfo a lei dovuto e al suo cappellino.

Il sindaco si sentiva a volte a volte vuotare la testa e poi riempire da mille ricordi: - Cesare coi suoi piccoli soldati, e le sue parlate superbe, nervose, di due righe a quei parlamenti di giganti, sempre promettenti e sempre mancatori di parola; - Faramondo, e tutta quella galleria di re con chiodi e pettini in testa; - il conte Orlando e Rodomonte; - i Merovingi, i Carolingi, i Capetingi e i Napoleonidi, - la duchessa di Berry accalappiata da Thiers, - Luigi Filippo che faceva da re con la dignità di un negoziante da paracqua, e che usciva al proscenio del suo balcone pei battimani di quattro impresari di applausi pagati dai viaggiatori inglesi; - Napoleone III con il suo plumbeo ingegno da giocatore; - l'occhio di bue di Luigi XIV; - i calzoni unilaterali della figlia di Madama Angot; - il lievito minotaurino che bolle nel ciclo romanzesco di Emilio Zola; - Gustavo Buona Lana del Kock, che gioca al bigliardo alle spalle di un marito baggeo; - il mondo tornito e luccicante di Balzac; - i generali russi di Scribe; - i gesuiti di Sue; - le spalle quadre e le scarpe basse contadinesche del menestrello patriarcale e patriottico Bèranger; - la critica, la tribuna, a cui sta attento tutto il mondo.

Il povero sindaco aveva paura di vedersi comparire dinanzi realmente le cose e le persone, che aveva conosciuto pel mezzo fantastico della letteratura; non gli sembrava vero di dovere scendere proprio lui a Parigi; tutte quelle reminiscenze di storie, di commedie, di romanzi e di giornali facevano del suo pensiero un proiettile che andava, volava, quasi fosse lanciato da una balista, e poi cadeva con il languore del convoglio che si fermava. Dopo quell'eruzione scompigliata di evocazioni letterarie il meno che egli si aspettava di vedere a Parigi era una città, le cui case avessero le fondamenta in aria. Invece, appena uscirono dalla stazione di Lione: Déception! fu la voce, che pronunciata dal Goldi con la maggiore imitazione comica dell'accento francese interpretò meglio il sentire di tutti.

Una stazionaccia; una piazzaccia rialzata; la prospettiva sprofondata di osterie, e di caffè nell'architettura impolverata degli stabilimenti che si ammirano lungo gli stradoni provinciali; - malgrado lo sciopero dei fiaccherai, quattro vetturaccie disponibili, e un omnibussaccio, sul quale si caricano Geronimo e compagnia.

Sentono per via i ribaltoni cagionati dall'acciottolato acuto, rado e scomposto, peggiore di quello di Roma; e credono di camminare con il sedere seduto sopra baionette di nemici sotterranei.

- Ah! è quella la grande cattedrale di Notre Dame?... Un pendolo da caminetto. - Sono quelle le torri del Palazzo di Giustizia?... Tanti spegnitoi. - Quell'altra torre?... Un agoraio.

La bocca di Geromino si riversa in un punto di esclamazione: e quella del segretario si virgola in un punto di interrogazione.

Palazzi in forma di gabbie, case troncate come tagli di formaggio, spaccati di abitazione sporchi di fuligine, coi segni dei passaggi delle cloache intestine, - muraglie da gioco del pallone, che formano un solo castello da ciarlatano, ecco quello che veggono unicamente i nostri attori nella loro prima entrata in Parigi. Sui loro visi sta dipinto quel broncio di un nero particolare, che si deve quasi sempre ai calzolai per le scarpe che fanno troppo strette.

Rotolati fino all'alloggio particolare ed economico, che eglino avevano già fissato in rue du Bac, ecco le impressioni, che si comunicarono a vicenda, appena si sedettero tutti e quattro sulle due sedie del loro appartamento.

La signora Clitennestra, cui i Parigini, benché assuefatti a vedere chinesi, beduini e donne dei Paesi Bassi nelle loro fogge originali, avevano guardato fermandosi per istrada con una specie di ammirazione spavalda e di spavento minchionatorio, fermandosi specialmente sull'enorme cappellino munito della terribile penna rossa, disse, che ella già capiva, come in questo paese non ci fossero signori, ma ci fossero soltanto contadini.

Pino Goldi confessò che aveva fame, e che dubitava di potersi sfamare a Parigi.

La signora Geromino si ricordò con raccapriccio, che non aveva dato i due giri della serratura alla guardaroba della biancheria, prima di partire da casa.

E Geromino conchiuse: Certi viaggi è meglio leggerli, che farli.

RIVINCITA DI PARIGI

È presto trovata la ragione, perché Parigi sulle prime figurò così topicamente davanti ai nostri volgari viaggiatori, ed è riposta nella differenza fra gli effetti della realtà e quelli dell'arte figurativa.

Una volta un fotografo ambulante fece la celia di prendere alla chetichella il ritratto del castello municipale di Monticella, dove da quindici anni Geromino impera nel suo sindacato, e glie ne presentò una copia. Il sindaco stentò un buon pezzo a riconoscere nella fotografia il castello, sul cui ponte ex levatoio egli passa tutte le mattine con il suo cane, e quando lo ebbe riconosciuto, dovette confessare, che un processo rappresentativo, anche di fedeltà chimica, rende più pittoresco e più romanzesco un oggetto, di quello che sia in realtà.

Nello stesso modo egli aveva gustati di più certi famosi affreschi, riprodotti nella nitidezza dell'incisione in rame, che non nella loro originalità affumicata.

A fortiori si accresce il distacco fra l'espressione o meglio creazione letteraria, che agisce soltanto sulla fantasia, e il vero delle cose, che può offendere il naso e gli altri sensi, impillacherare il fondo ai calzoni e penetrare umidamente negli stivaletti che siano sciaguratamente sdruciti.

A ciò si aggiunga la potenza secreta delle relazioni e delle proporzioni fra le cose.

Per chi sta in letto, è molto distante lo spazio fra il comodino e l'attaccapanni, e per chi fa il giro del mondo è breve la distanza fra Parigi e Londra. A Monticella la palazzina di Geromino è una vastità imponente, mentre a Roma il Quirinale è scarso; a Parigi lo straordinario diventa naturale. Infatti quando crescono le funzioni delle cose o le medesime sono tutte tagliate ad una grandezza, manca lo spicco, il distacco. Così, per riparlare di Roma, il noto S. Pietro nasconde da principio la sua ampiezza nella rispondenza ritmica di tutte le sue parti ben proporzionate; e per rientrare nel regno della fantasia quel re di Ghislanzoni, ammalato dalla malinconia, perché Madre Natura lo aveva fornito di un naso troppo lungo, guarì completamente quando ebbe popolato la Corte e il Consiglio dei ministri di proboscidi più lunghe della sua.

Ora, perché Parigi faccia il necessario effetto con la sua grandezza, con la sua chiarezza, col suo gaio e strepitoso brulichìo, e anche con la sua sfacciatezza ciarlatanesca, qualità cui essa possiede in modo formidabile, bisogna che la sua realtà batta sull'animo del forestiero, reso già ignudo delle prevenzioni immaginose stategli procurate dall'arte rappresentativa.

Ciò posto, per effettuare siffatto spoglio di prevenzioni non c'è nulla di meglio, che un po' di riposo, ottenuto coi piedi sotto la tavola e coadiuvato da una bottiglia di Chablis, vino limpido e magro, come il petrolio, il quale si accende poi nello stomaco e sale ad infiammare la testa.

Con gli occhi avvivati, accesi dal Chablis, la nostra brigata si sdraiò in vettura. Le teste avevano una tendenza a riversarsi.

La carrozza abbandonò la rete rotta dei sassi acuminati e scivolò sull'asfalto. Che andare di velluto! Il sindaco e il segretario sentirono una forza quasi irresistibile, che li spingeva a girare un braccio intorno ad un collo di sesso diverso, ma il primo fu ritenuto dai doveri del proprio decoro davanti la pubblicità; e il secondo spaventato dal genere della proprietà femminile, a cui era vincolato il suo stato canonico e civile.

Si è sopra un ponte.

Tutti quattro allungano il collo fuori della vettura, e Pino Goldi sentenzia: - Questa serie di ponti incastrati nei parapetti di questi Lungarni di qui, io dico che son tanti pioli di una scala divina posata dal Padre Eterno in persona sulla Senna, E anche la Senna è anche lei divina... Apro una sottoscrizione per far passare alla Senna il titolo di divina. Sicuro! Si merita questo appellativo più del Tevere..., che, per dire il vero, se lo usurpa, poiché è pulito come il bastone del pollaio, mentre la Senna è lucida come un serpentone.

Passato il ponte, si aprono di qua e di là le vie, i corsi, i viali, gli stradoni a stilettate, a cannonate.

Levando la testa in su verso quel cielo grigio, Pino Goldi scoperse il ballon captif (l'areostata legato) che al prezzo di venti lire (per andata e ritorno) conduce qualsiasi curioso all'altezza di 500 o 600 metri su questa valle di amarezze; e non tardò a giudicarlo: l'ascensione di un uovo immenso ripieno di rugiada, una zucca spropositata, e un luccicone dell'impassibile Giove stavolta commosso, poiché gli si tirano giù i lacrimoni con le corde.

E conchiuse: - Vorrei essere lassù per studiare i comizi... calati.

Si seguita a scarrozzare... Si scoprono da tutte le parti raggiere di largo, di infinito... Per ogni parte si potrebbe remigare, si potrebbe volare a perdita di remi, a perdita di ali e a perdita di testa. Tutto è distante, e tutto li tocca, i nostri passeggieri crogiolati in calesse; li tocca quell'immenso pastrano che cammina, e dipinge di se stesso tutta la stroncatura di un palazzo a sette piani, dalle finestre della cantina agli abbaini delle soffitte, per richiamo di un sarto di abiti fatti a 39 lire il vestiario completo; li toccano i caratteri rossi, verdi, azzurri che non basta più dire di speziale, o d'arco trionfale, ma bisogna dire d'arcobaleno, onde si annunziano le gazzette, vantando miliardi di lettori.

Tutto è spazio, e tutto è foresta.

Tutto è massa, e tutto è chiaro.

Tutto si può intitolare più in là del segno, come il bel racconto di Roberto Sacchetti; e tutto è nel segno relativo.

I giornali si stampano di notte con la data di due giorni avvenire; - i cartelloni dell'Ippodromo annunziano una donna proiettile; non c'è cravatta in vetrina, che non porti la scritta di fuor di linea, di superiore ad ogni eccezione, di indistruttibile; - due magazzini si intitolano l'uno al Povero Diavolo, e l'altro al Paradiso delle Signore; - c'è il Magazzino delle tentazioni, c'è quello del Ribasso incommensurabile; - c'è persino quello della Roba per niente; - un calzolaio battezzò la sua bottega Montagna di Calzature.

- Tutte queste insegne si sgolano! - disse Pino Goldi - e se Parigi ha da morire, credo che creperà di voce, come una cicala.

Passano i carrozzoni dei tramways e gli omnibus, vere Arche di Noè.

I   venditori di giornali innalzano i loro fogli nello spacco di una pertica all'altezza degli abitanti l'imperiale, e ne ricevono l'obolo nel bossolo annesso alla sommità della pertica.

Pino Goldi li chiamò spegnitoi da sacrestano quegli elevatori dei lumi della stampa.

Parigi man mano guadagna terreno negli animi dei nostri viaggiatori.

Geromino parla come ebbro di meraviglia e di entusiasmo. Egli aveva studiata la pianta della città; la sapeva a memoria, e ne discorreva con cognizione di causa, come l'avesse costruito lui quel pandemonio.

Ma in certi punti non si raccapezza più.

Vede il palazzone dell'Opera (Accademia Nazionale di Musica secondo la nomenclatura o meglio sgolatura francese) palazzone di corona in tempi di repubblica; e dice esterrefatto davanti alla tratta di largo che gli sprazza davanti: - Qui dovevano esserci venti quartieri, e li sbarazzarono in pochi mesi. Ah! Parigi è una grande città perché si ha avuto il coraggio di distruggerla... Imparino gli amministratori di Roma, che da tanto tempo tirano innanzi al passo della lumaca la via Nazionale. Giù piccone! senza riguardi a ciottoli storici! Ciò che è stato è stato. Aria pei polmoni moderni! Guardate, guardate! tutto largo, tutto lungo, tutto in riga per fila destra o per fila sinistra. Stamane ero sbalordito di non essere sbalordito di Parigi, ed ora sono sbalordito di esserlo troppo...

Pino Goldi aveva i gomiti, che dicevano: - Si aprono le cateratte del cielo.

E il sindaco continuò: - Tutto si spiega... anche le nostre impressioni di stamattina. Si direbbe proprio, che Parigi era una grande torta, o se volete una forma di formaggio in muratura. o meglio un solo fabbricato con il ripieno nelle vie e nelle piazze attuali; e che Hausmann e Napoleone III postisi di sopra col coltello l'abbiano tagliata senza misericordia. Così i cittadini sono contenti dei nuovi oceani di aria e di luce, e i cannoni possono spazzare più facilmente le barricate... Ah! Come è chiaro tutto ciò...!

Il sindaco diceva queste cose quasi con l'arrabbiatura di chi capisce troppo e dispera che gli altri arrivino a capire in qualche modo.

- Ma osservate, osservate! - Egli ripicchia: - È proprio così... Rombi di torta!... Come è semplice Parigi nella sua vastità complicata! Vero come ho il battesimo in testa! In mezzo venne lasciato il solco della Senna, perché vi si trovava già prima sulla faccia del luogo e torno torno vennero utilizzati gli antichi bastioni, che formano adesso gli anelli concentrici dei boulevards, piantati, vedete qui, nella torta. E poi per ultimo giro intorno al margine della medesima c'è il nastrino, quasi il legacciolo della strada ferrata di circonvallazione...

L'accento del sindaco significava: Darei dei pugni a cui non entra un'evidenza di questa fatta.

Passano altre facce giocose appollaiate sul cielo degli omnibus e dei tramways; e salutano i nostri provinciali d'Italia con una spacconata mista di galanteria e di canzonatura.

Circola per tutta Parigi una ostilità permanente, di aspetto alcoolico, contro la malinconia e la serietà dei sentimenti. Si direbbe che vi si deve eziandio morire per una baia convulsa. Fatta fermare la vettura, e discesi in un caffè di lusso, ma fuor di mano, il caffè Delta, che pare un fòro di marmi e di specchi per gli operai, i nostri scarrozzatori furono assediati da un vespaio di rivenduglioli e rivendugliole ambulanti.

Volevano far comperare per forza pettinini, nettadenti, limettine da unghie e stecchine d'avorio da sgrullare le orecchie, i quali oggetti annodati a un capo portavano incastrata nell'altro la scheggiuola di vetro con la fotografia microscopica dell'Esposizione.

Non è riducibile in prosa scritta la ciarla, la persuasione, l'insistenza zingaresca ora mendicatrice, ora autorevole adoperata da quei merciaiuoli. Uno di essi vendeva delle raccolte complete di bottoni neri per lutto. E non invocava mica nessun corrotto della patria per esitarli; diceva con un muso, in cui era stillata tutta la filosofia del capitolo di Balzac sulla Belle mère: - Comprateli, comprateli! Signori.. vi serviranno sempre per piangere qualche vostra suocera...

La sindachessa aveva volontà di annuvolarsi per protestare contro quella irriverenza usata verso sua mamma; ma finì anche lei per ridere.

Risaliti in carrozza si sentivano oramai vinti da Parigi.

Passavano squarquoie intonacate, ballerine stanche, andate a male, e visini freschi di bustai, le quali Pino Goldi avrebbe voluto mettere in gabbia e dare loro dell'insalata come ai cardellini; e passavano signorine, la cui vita arrotondata nel busto fin dall'infanzia aveva preso le dimensioni di un vaso di fiori.

- Ah! eccoli, sono lì quei famosi zerbini con la testa ingommata... Entrano in una trattoria economica con la vergine sigaretta sopra un orecchio.

- Eccoli nell'ultimo abito della moda europea.

Uh! uh! sono entrati certi signori esotici con la faccia da candelabro di bronzo e relativo verderame.

- Persino gli accattoni sono vestiti di nuovo, e si atteggiano a supremazia parigina. Proprio così! Qui c'è anche il figurino dei mendicanti... Vedi, vedi...

- Vedo! Vedo!

Si va, si va...

La signora Goldi, dopo avere covata una rabbia contro le rotondità coniche delle signorine che tacitamente la insultavano, e averle accusate di artifizio posticcio, era guadagnata anche lei dalla fiumana di Parigi.

Oramai essa porgeva il capo da una banda e dall'altra, come se avesse ammiratori dell'est e ammiratori dell'ovest, e sognava la conquista di un principe indiano.

Suo marito a quella sconfinata grandezza di spettacoli ribolliva di idee grandiose da par suo.

Pensava, che l'eloquenza del deputato X avrebbe bastato a gonfiare il ballon captif: ed egli si immaginava per suo conto di uccidere pulci col revolver, e di scrivere un parallelo da Plutarco fra l'ingegno vasto, incisivo, versatile e riversante di Thiers, e l'ingegno arretrato del figlio del capo sezione giubilato di Monticella, il quale figlio da tre anni ripete la terza elementare.

La signora Geromino guardava suo marito con quell'aria di ammirazione, che dice: - Pensa lui per me...

E Geromino non solo pensava, ma giudicava; giudicava non essere Parigi una città come tutte le altre, in cui un certo numero di individui e di proprie famiglie nascono, fanno i fatti loro e muoiono; ma è una proprietà, un albergo, un ristorante, un casino della Francia, anzi del mondo intero, dove si viene da fuori per godere o per far parlare di sé o per diventare addirittura un grand'uomo, dove si muore necessariamente di sorpresa nel lavorìo della lotta o dei godimenti, e dove si nasce solo per caso come nei vagoni della strada ferrata o sui piroscafi...

Il sindaco vedeva trascorrere lungo la sua carrozza una vita sempre sorridente, sempre più scettica e sempre più frettolosa; e arguiva, che a Parigi si dorme persino in fretta; rivedeva altresì quei fiotti di fantasmi storici, letterari, che ora sovrapponendosi alla realtà la adornavano e la ingrandivano, anziché sconciarla.

Diceva: - Maga Francia! Maga Parigi! Le convulsioni, anziché prostrarla, la elevano e la dilatano.

Dopo il terrore, la monarchia universale; dopo Sédan e la Comune, l'Esposizione mondiale.

Geromino ripensava alla Pulcella d'Orleans, la cui statua equestre cavalca mingherlina in piazza di Rivoli, come sopra una consolle; alla vita gaia e cavalleresca, ai Parlamenti, alla processione degli Stati generali, a Versaglia, alla plebe, che sfondò l'assemblea e la reggia; al successore di San Luigi, che, rintanato nel vano di una finestra dorata, fu costretto a bere, come si usa in una osteria; ai trentadue mila milioni di assegnati divenuti incapaci di pagare la nota del calzolaio.

Geromino, vedendo passare una faccia di operaio, rossa come il rame, tormentata dall'alcool permanente, con gli occhi bianchi come in una pipa annerita, ripensava ai preticidii, ai nobili scannati come in un fòro boario, alle mitrate figure degli arcivescovi colpiti a morte nelle rivoluzioni; e con un po' di orgoglio ricordava: - Qui abitava Carlo Botta, deputato del Piemonte al Corpo legislativo di Parigi, il nostro Carlo Botta così puro, così ingenuo, così onesto, così bisognoso... Qui abitò da giovinetto Alessandro Manzoni, uno dei precursori letterari della nostra rivoluzione politica, Alessandro Manzoni, a cui gli israeliti si rivolgevano per farsi cristiani e i vescovi domandavano consigli di direzione spirituale.

Di ricordo in ricordo, egli rammemorava tutto il giglio immacolato del Risorgimento d'Italia, appena chiazzato dal brontolamento di Massimo D'Azeglio sull'eccidio parmigiano del colonnello Anviti...

Paragonava, paragonava... e oramai soggiogato dallo scalpore di quella vita parigina, da quel moto assiduo di conquista, che deve indurire alla stessa tempera il cuore della monaca e quello della cortigiana, e sconvolto da quegli impulsi indemoniati che spingono a carpire il momento, per cui ogni istante a Parigi ha l'aspetto di un'epoca, egli ritornò colla mente quasi atterrita al tempo monotono, che gli colava nel suo villaggio a settimane, a mesi e ad anni, senza che egli si accorgesse pure del loro transito, a quel tempo, in cui essendoci la fiaccona nella politica paesana, i più grandi avvenimenti per lui e i più dispettosi dolori erano la morsicata data dal cane al gatto sotto la tavola, e l'avere il campanaro suonata l'Ave Maria cinque minuti più lunga della prescrizione sindacale.

A questo punto ebbe il coraggio di trovare più importante la vita parigina di quella di Monticella.

Parigi aveva vinto.

Salito sopra un trono a pagamento nel recinto dell'Esposizione, sopra uno di quei troni, a cui ascendono normalmente gli scritturali più timidi e le imperatrici più eccelse, Pino Goldi brandì un foglio di carta, e trovò che non era uno di quei pezzi di giornale vecchio, che in Italia sono specialmente consacrati a tale consumo. Trovò invece, che era un foglio stampato appositamente e diceva: EUREKA, unguento americano contro le... (Chi mi somministra un vocabolo poco tecnico e molto decente?...)

La réclame a Parigi spia il luogo più propizio, per colpire l'uomo nell'opportunità dei suoi bisogni e dei suoi dolori e lì gli offre il proprio vasetto, la propria boccetta, e il suo numero di casa.

In quei chioschi a lumaca (così sono fatti a Parigi i rifugi pubblici di uso privato, di cui si occupano i consigli comunali e i confessori) l'uomo, nel raccoglimento di sé medesimo e nella meditazione dei suoi casi, si trova davanti sorridente come un amico il recapito del dottore specialista col consiglio delle sue pasticche, ed il conforto della sua letteratura, che lo istrada umanamente.

Per Geromino sindaco, filosofo massimamente della scuola di filosofia murale e morale, fu di qualche importanza il notare come l'ingegno parigino, così bizzarro e così svolazzante, si assottigli in una semplicità dimostrativa, in una soavità, e in una flemma didascalica per ispacciare le mercanzie.

Il nostro protagonista percorrendo una via, di cui il selciato era tale da spedare il montanaro più ferrato, lesse sopra un muricciuolo a caratteri cubitali: Non avete mai meditato, e poi a caratteri ancor più cubitali: sulle tristi conseguenze, quindi di seguito in caratteri tuttavia grandiosi: sulle tristi conseguenze dell'avere le scarpe mal fatte? L'uomo torturato in una delle sue estremità non può fruire compiutamente del flusso e riflusso del sangue, di cui si compone la sua vita fisica, morale e intellettuale. Date un cattivo calzolaio all'oratore, al banchiere, al poeta e all'amante. L'oratore avrà la lingua inceppata, e lascerà la tribuna con ismacco; il banchiere smarrirà la chiaroveggenza dei suoi calcoli, e non avrà benigna la Borsa; il poeta troverà la musa ricalcitrante; e il lyon, divenuto bisbetico, come il nobile animale suo omonimo quando irritato dalle mosche scuote la coda, sentirà ingiuste manie di sgarbata gelosia e verrà respinto... Uno straordinario numero di duelli fra gentiluomini ebbero origine dai loro calzolai. Volete voi sicura gloria, estro, buoni incontri, vera felicità nella vita? tutto ciò otterrete mediante scarpe a buon mercato, che vi calzeranno come guanti! Ricorrete al calzolaio tale, n. tale, via tale!

Più in là Pino Goldi ricevette in mano da un distributore di foglietti il seguente avviso: - Non buttate mica via questo memorandum, S. V. P. cioè: (S'il vous plait, che è il Senatus Populusque Romanus, l'S.P.Q.R. di Parigi). Allorché voi vi porterete immancabilmente all'Esposizione, di grazia (S.V.P.) degnatevi di transitare davanti al negozio rinomato di Balland 9,BOULEVARD DU TEMPLE 9. Sì, è la vostra stessa imperiosa convenienza che ve lo impone; imperocché gli è solo là, che voi troverete lo stupendo cappello di seta nera, montato su corteccia di sughero, leggero come una piuma. Non costa più di 16 lire; ed è l'ultima parola della civiltà raffinata. Con esso oh! non più incapacciature e sarà finalmente la vostra buona salute, non avrete caldo, non trasuderete, non ungerete, e sarà la vostra economia, ecc. ecc.

Il sindaco, commentando il foglietto raccolto dal segretario, trovò essere addirittura un portento quella pazienza, quella eloquenza, e quell'abuso di confidenza che si ammira nei signori negozianti parigini, quando sminuzzano il ragionamento al pubblico, come si affetta il pane ai bambini, e sentono il bisogno di spiegare che a non sentire più dolori di capo ci si guadagna di salute, e nell'evitare qualche gita allo sgrassatore c'è un vantaggio della borsa.

Pigliando il battello sulla Senna, mentre Pino Goldi con un ben nutrito occhieggiamento, a cui rispondeva una sollecita telegrafia di piedini, pattuiva un'avventura con una lontana verginella di Saint¬Cloud; - l'onesto sindaco dimostrava alle signore, come c'era da spassarsela per tutto il tempo della corsa con lo scontrino della medesima. Infatti esso è una lunga lista di carta, in cui unita con una frangia da francobollo al vero lembo del biglietto c'è una tratta di annunzi divertenti e illustrati; c'è per il Charivari una caricatura di Cham; l'elogio e il disegno dimostrativo di un poppatoio artificiale pei bambini; l'annunzio di un giornale politico e finanziario, che è mancomale il vero gran successo non basta più del giorno, ma du moment; il panegirico del cioccolatte Menier, che assale e spaventa i passeggieri dapertutto col suo éviter les contrefaçons; quattordici altre raccomandazioni, e per stuzzicare gratuitamente l'intelligenza, un paesaggio arcadico, orientale, o invernale, con l'invito di trovare l'irreperibile figura del giardiniere, del cammello, o dell'orso, negli anfratti del disegno visibile delle piante, dei ponti e delle colline.

Geromino si fermò principalmente sul richiamo delle macchine da cucire, rappresentante una balia in cuffia alta, che si lacera di meraviglia condensata davanti la signorina da lei allevata, seduta davanti ad una autentica Singer.

La balia dice: - Oh! è uno stregone sicuramente quegli che ha inventato questo macchinismo, il quale ci spaccia lestamente in due ore ciò che noi avremmo appena agucchiato in tre giorni con le nostre dita forate e callose.

E la signorina le risponde: È proprio così, mia cara nutrice. E lo stregone abita nel boulevard di Sebastopoli, al n. 20, proprio vicino alla via di Rivoli, ma non bisogna sbagliarsi di numero.

- Come è dolce! Come è dolce! - esclamò la signora Giacomina quasi riversando la sua testa di pari dolcezza: - come è dolce questo mais il ne faut pas se tromper de numéro!

All'uscire del battello, se Pino Goldi fosse stato imbrogliato per la cerca di un ufficio notarile, dove gli permettessero di redigere il contratto poco prima conchiuso con la pastorella di Saint Cloud, sarebbe stato tolto d'ogni impiccio dalla seguente cartolina, che gli venne cacciata fra le mani: - Restaurant Baratte - Cene all'uscire dai balli e dai teatri - Salons pour noces - Cabinets de société (Rooms for society): quindi soltanto in inglese: The restaurant remains opened the whole night.

Ma Pino Goldi, per restare indietro dalla sua compagnia e scartarsi possibilmente dalla medesima, invano cercò tutti i pretesti, fino a quello di internarsi in un tempietto... dedicato alla dea delle letizie rurali.

La moglie non avrebbe mai voluto abbandonarlo un momento né collo sguardo né colla mano adunca. Essa si piantò di sentinella alla porta, e vi ristette con la truce ed eroica figura, che doveva avere la madre di Pausania, quando concorse con gli efori ad ostruire le porte del tempio di Minerva, dove si era rifugiato suo figlio traditore della patria.

Quando Pino Goldi uscì dalla navata da lui occupata, fu così sconcertato nel vedere la moglie appostata, che rimise a lei l'obolo dovuto al custode del tempietto.

S'è fatta sera.

Il viale dell'Opera è innondato dalla luce elettrica, che sprazza da globi, di cui attraversa la crosta lattiginosa.

Geromino prova un sentimento di malinconia e di compassione verso le stelle, la luna e il sole che s'incamminano ad essere imitati, se non soppiantati. Infatti i fanali della luce elettrica hanno la potenza di astri effettivi.

Ne viene un chiarore bianco, d'una affinità chimica con quello del giorno.

Invano la signora Clitennestra osserva, che esso è un chiarore da cimitero, e che acceca.

Il sindaco addita le vie attigue, dove c'è tuttavia l'illuminazione a gaz.

- Che fiasco! Sono gli sgorbi gialli del poeta... Eppure in altri tempi s'era fatta anche la guerra al gaz, che si trovava anch'esso troppo abbagliante... Ma, guarda, moglie mia, come si può leggere magnificamente un giornale!... No, per carità! non leggere niente, ché sarebbe un insulto alla tua qualità di sindachessa ammodo...

- Sai, che cosa dovremmo fare, mio caro Pino? Raccogliere e poi depositare una collezione di questi giornali nell'archivio municipale di Monticella... I nostri posteri non vorranno credere, che persone pulite e di garbo abbiano esercitato così pubblicamente il lenocinio, in buona fede, sicuro, quel che è peggio, in buona fede. Quando si vive continuamente in un mondo artificiale, si desina ogni giorno alla trattoria, e non si parla con altre donne fuorché con la fioraia, con la guantaia, con la padrona di casa, con la mercantessa di sedie al teatro e ai giardini pubblici, e con le abitatrici delle sedie limitrofe, si perde ogni sentore di famiglia; e la si schernisce, la si distrugge, senza farlo apposta, anzi senza accorgersi...

La comitiva si fermò davanti la bacheca di un libraio.

La signora Geromino loda la felice scioltezza dei titoli; per esempio Giornale di un giornalista...

Pino Goldi la interrompe per gridare: - Per Dio! Fiori di Bitume... Avevamo già i Fiori del male, che erano un passo molto innanzi sui Fioretti di S. Francesco. Fra qualche mese mi aspetto un libro di poesie intitolato Fiori di Water closet... A proposito, Geromino, mio signor sindaco, non ti pare che qui il popolo... delle insegne pecchi di anglomania o di tedescomania, come da noi si pecca di gallomania? Qui i cabinets... intimi ed idraulici si chiamano Water closets; un bicchiere di birra bock; i biglietti d'ingresso alla Esposizione tickets... Che ne dici, signor avvocato, filosofo mio?...

- Io ti dico e ti insegno, Pino discepolo mio, che una parola, la quale abbia nella sua lingua una significazione generale, trasportata poi in una lingua straniera acquista il vantaggio di csibirc la ricchezza di una significazione speciale. Così wagon in inglese vuol dire semplicemente e genericamente carro; e vagone, fatto italiano, vuol dire il carrozzone speciale dei treni della strada ferrata.

- Quanto si impara per istrada, - disse con ostentazione adulatoria il Goldi - quando si ha il benefizio di aver in compagnia un filosofo peripatetico della tua forza!

- Si impara anche questa conferma stradale che i parigini sacrificano ogni sentimento al contegno delle forme - soggiunse la signora Angelica Geromino. - Ti ricordi, sindaco! quando il cappellano-fattore segretario del marchese di Monticella nel fare stampare la lettera di morte della signora marchesa ci mise dentro: "L'illustrissimo marchese ecc. HA L'ONORE di partecipare a V. S. l'irreparabile perdita..."? Il marchese, avvertito dagli amici, andò in collera; e l'onore posto in vece del dolore negli annunzi di morte divenne nel nostro paese una baia proverbiale, con cui i proprietari si consolano malamente del rammarico di aver perduto una vitella. Invece qui a Parigi l'onore pel dolore nella morte dei più cari sembra una cosa naturale...

Infatti si era davanti un gran negozio di pompe funebri che annunziava all'ingrosso e al minuto: - Convogli mortuari, interramenti, medici necroscopici, servizi religiosi, lettere di partecipazione filettate di nero ed altre imprese e merci dello stesso colore... frangiate di giallo e bianco.

E la signora Geromino lesse forte il modello d'una lettera di annunzio mortuario, che campeggiava nel bel mezzo di quella bottega di Caronte: - La signora Emilia..., religiosa del Sacro Cuore, e la signora Hoenig nata ecc., ONT L'HONNEUR de vous fair part de la perte, qu'ils viennent de faire en la personne etc.

- Il gran Galateo delle forme pubbliche - riprese Geromino - si rivela sopratutto negli avvisi delle autorità costituite. Degnatevi di ammirare quest'Ordonnance concernant les chiens. Nous Prefet de Police etc. Vu la loi etc... Sembra che il senatore, prefetto di polizia, si sia messo i guanti per discorrere coi cani e dica loro: "Favorite di portare la museruola; se no, i nostri ufficiali, gli accalappiacani, vi pigliano e vi ammazzano, S'il vous plait...". Ah! io non faccio tanti complimenti ai signori cani di Monticella. Oh! niuna pubblicazione all'Albo Pretorio! Comando semplicemente ai miei sparafucili, guardie campestri: "Uccidetemi quel cane irregolare e infesto...". E di lì a mezz'ora il cane proscritto ha terminato di far male...

Un'altra nota della letteratura parigina, ambulante, spicciola, giornaliera, sia essa parlata o sia scritta, si è la disinvoltura nelle inesattezze, a cui il parigino si abbandona per semplice estro di frivolezza e di burla o per scopo di tirar gente.

Non fu raro il caso, che sull'imperiale dell'omnibus un parigino, conoscendo il nostro sindaco per forestiero, lo abbia toccato nel gomito con un gesto di carità fraterna e gli abbia indicato il maresciallo Mac-Mahon, che passava.

Anzi Geromino assicura che gli additarono sette Mac Mahon di fisionomia affatto diversa, ed invano il segretario volle spiegare l'arcano al suo superiore, dicendogli che una volta sarà stato l'eroe di Magenta, un'altra volta il Mac Mahon delle batoste del 1870, a cui il popolazzo parigino in quei giorni perigliosi voleva imporre le orecchie d'asino; una terza volta il debellatore della Comune, una quarta l'uomo del 16 maggio, una quinta il presidente dal dilemma cornuto di Gambetta: dimettersi o sottomettersi; una sesta il presidente in voce di pigliarsi ambedue le corna, oltre la intimazione di Gambetta, cioè in voce di dimettersi, dopo di essersi sottomesso; una settima il possibile presidente destituito dalle vicine elezioni senatoriali.

Nello stesso modo facile, con cui i parigini danno ad intendere personalmente a Geromino un uomo per un altro, e una via per l'altra, essi non hanno, come disse con un arcaismo il povero sindaco, essi non hanno alcun respitto nel litografare e nel vendere un album delle facciate delle Nazioni all'Esposizione, facciate, fors'anche migliori, ma affatto diverse da quelle che esistono in realtà.

Alcuni grandi magazzini o semplici negozi regalano ai loro avventori e anche a chi non compra niente, una pianta di Parigi e dell'Esposizione.

Or bene Geromino verificò, che in una pianta dell'Esposizione il Campo di Marte era capovolto rimpetto al Trocadero, e ciò per poter collocare meglio negli angoli del disegno la raccomandazione dell'Acqua di Melissa o della broda Boudier o della sartoria Voltaire, che per 21 lira dà un vestiario completo, oltre al ritratto dell'autore dell'Enriade.

Nella pianta di Parigi poi isoleggia, fuori di ogni squadro, il magazzino, che l'ha fatta stampare; cosicché ad un forestiere meno ingenuo di Geromino parrebbe che il negozio, di cui si tratta, fosse cosa più notevole e più grande del Louvre, delle Tuileries, del Lussemburgo, della Maddalena, del Pantheon e degli Invalidi riuniti insieme.

A un certo punto la nostra brigata, passando davanti a un padiglione illuminato a vetri colorati, fu tutta intagliata dalla proiezione degli annunzi. La signora Giacomina aveva sulle spalle la raccomandazione di un romanzo; il sindaco aveva nella faccia il disegno di un cappello; il segretario era attraversato da un Gran Ristorante; e la signora Clitennestra portava sul naso la strombazzata della Compagnia Nazionale del lucido da scarpe francese.

Eglino erano diventati tante caricature di Cham, e come se ciò non bastasse, di sopra li percotevano alcuni paroloni di gaz illuminante da disgradarne Ottino, che predicavano le extra ultime mantiglie al primo piano; l'asfalto si spingeva, sotto i loro piedi, a cantare in lettere bianche le pantofole più morbide dell'universo, e i tavolini da caffè loro sorridevano mosaici di avvisi benevoli e stuzzicanti. Da quella ridda di reclami, i nostri quattro viaggiatori si involarono, riparandosi nella loro umile casetta di rue du Bac, mobile come un vecchio armadio in riparazione davanti la bottega di un falegname.

Goldi disse a Geromino: - Ho fatto incetta qui di parecchi giornali scostumati; ma prima di leggerli rinserriamo le nostre consorti nei loro appartamenti. Certi giornali non potrebbe leggerli neppure... mia moglie.

Quando fu ben sicuro, che il gentil sesso era rientrato nelle sue tende, il segretario, con il più buffo secretume da Consiglio dei Dieci, offerse un fascio di giornali alla lettura del suo sindaco.

Questi, dopo averli esaminati, stette un po' pensieroso e poi ragionò: - Una volta la letteratura francese commetteva qualsiasi bricconata con buon gusto; tanto è vero che il maledico Heine poteva scrivere di Victor Hugo, che questi godeva appunto di una fama singolare, perché egli era l'unico che sconfinasse dal buon gusto fra i suoi connazionali. Ora invece la bricconata letteraria francese viene fuori con la frase più tecnica e più brutale. In questo giornaletto c'è una lettera di uno zio padrino alla nipote Giovannina cucitrice di nero a Montmartre, per i casi occorsile, onde ebbe origine un trovatello, ed è una lettera di cui si potrebbe tradurre il senso ma non la parola cinica. E questa poesia? La vita di un Gaudente, Ninna Nanna. "Quattro anni per dire mamma e papà, amare gli zuccherini, le immagini, e farcela addosso, è la gran bella età! - Dieci anni! per andare in collegio, intraprendere un tirocinio, è la gran bella età! - Diciotto, vent'anni! - Per fare all'amore, per diteggiare i vaghi corsetti, i giocondi visini, le gambe fatte al tornio, ecc.". Per un tratto non si può più continuare nella traduzione in prosa... "Cinquant'anni! Per essere scornato e ricevere un calcio nel sedere dall'uomo che vi disonora. È la gran bella età! - Sessant'anni. - Per crepare di quattrini, divenire un personaggio immondo, gesuita, putrido, classe dirigente, è la gran bella età! - Ottant'anni! Per essere completamente imbecille, avere la testa che dondola, e farsela nuovamente addosso, è la gran bella età...".

- A me quello che piace di più è il seguente avviso - interruppe Goldi prendendo il giornale di mano al sindaco. - La comparsa del libro di Paolo Makalin, LE LEGGIADRE ATTRICI DI PARIGI, ha testè suggerito ad uno dei nostri più avveduti uomini di finanza il proposito di fondare una società in accomandita per l'estrazione del mercurio dai corpi di ballo e simili...

- Questo è niente - rispose Geromino: - è il n. 11, anno I, di un giornale che morrà presto, come un fungo... il grido di disperazione corbellatrice degli ingegni abortiti o disgraziati e delle vocazioni spostate, che si incollano confondendosi in questo oceano di glutine parigino, dove nella calca mostruosa l'individuo è isolato, e il parroco smesso può fare senza rossore il vetturino, e l'avvocato e l'ingegnere, in mancanza di meglio, possono adattarsi tranquillamente a fare il cameriere d'albergo. Direi che c'è qualche cosa di nobile e di positivo, di forte, o per parlare più difficile, c'è qualche sentore d'aurora, d'ideale e di avvenire in questo orribile muoversi dei diseredati e dei calpestati, che mordono le calcagna a coloro che passano di sopra... Ma io trovo molto più lercio e più rivoltante il linguaggio di alcuni fra gli ingegni riusciti costituiti e dominanti. Prendiamo questo giornale illustrato, che ha sedici anni di vita fiorente, è l'organo della gente ammodo, è pieno di brio, di arguzia e di utilità pratica, e in una pagina sola di disegni ci fornisce un mondo di storia vera, istruttiva e divertente, la storia di una famiglia nobile dalle Crociate alla Esposizione dei formaggi. Orbene vediamo in quale prosa casca questo ammirabile giornale. Ecco qui a pag. 462: Consigli pratici ai forestieri. Ci descrive i quartieri delle disgraziate creature che pigliano addirittura il nome dal mondo intiero, loro clientela; ed esse non sono più le allegre Lisette di Béranger, le matte studentesse, le peccatrici dal cuore leggiero, le grisettes dall'anima di cardellino; ma sono le avide, le truculente, le mascherate cocottes, entomati, vibrioni, mangiatrici di denaro. Ci descrive il Quartier de l'Europe e poi le Quartier des Martyrs e dice: "Le castellane di questo quartiere si compiacciono estremamente del respirare aria fresca; e perciò fanno in accappatoio bianco delle lunghe pose alle finestre dei loro alloggi. Sarebbe perfettamente inutile l'accingersi ad una serenata per commuoverle... Non vi getterebbero di certo la scala di seta. Il meglio si è rivolgersi al portinaio. D'ordinario si trova la chiave sotto l'uscio; se non c'è, è meglio non insistere: - Chiuso per causa di occupazione...".

- E questo birbone di giornalista, seguita in un modo, che ho rossore di seguitare a tradurre io... Ci descrive la sacerdotessa nella sacristia del suo abbigliatoio, e poi meglio ancora, quando la porta si apre, la tenda si solleva; e la sacerdotessa compare nel tempio fresca, fragorosa e olezzante; la soave capigliatura sparsa; e la grande persona drappeggiata in un vago velo di China, celeste o rosa, allacciato da capo a fondo da piccoli nodi di setino. Qui quel briccone di giornalista, che si potrebbe chiamare dantescamente galeotto, ci dà persino il manuale di conversazione con la solita traduzione inglese per i viaggiatori che sono stimati più danarosi: "Quelle étoffe soyeuse! - Ce peignoir s'agrafe jusqu'en haut. Ce sont des noeuds. Est ce qu'ils peuvent se défaire? - ...Cette jarretière ne vous serre pas trop. En êtes vous sûre? - Vos petits pieds sortant de ces pantoufles ont l'air de sortir d'un nid". E concede persino degli scherni placidi alla morale e alla filosofia: "Le moraliste s'en etonne. Le philosophe s'en afflige. Mais qu'y faire? (The moralist is astonished - The philosopher is sorrow. Can you help it?)".

A questo punto il sindaco si rizzò in piedi, fregandosi il pugno negli occhi, quindi proruppe: - Ma se vi sono dei giornali che si intitolano dai Grandi Matrimoni, se vi è Le Trait d'union. Organo dei celibatarii e delle famiglie; domando io, perché questa prosa non potrà entrare in un Giornale Ufficiale delle Mondane, delle generose Morelliane...?

Poi l'adirato Geromino si sedette nascondendo la faccia nelle mani. Pensò al suo villaggio, alla sua famiglia, alla sua sposa; pensò, che lo scrittore di quelle righe forse aveva anche lui una famiglia illibata in una città di provincia o in un castello, dentro la strombatura di una montagna. - Sì! Ed avrà una nonna bianca, veneranda, che sprofondata in un seggiolone a bracciuoli, con gli occhiali verdi sul naso, leggerà al chiarore casalingo dell'olio d'uliva i giornali dell'ultima posta cercandovi la notizia dei successi teatrali del figlio drammaturgo... Ed il figliuolo venuto qui, dove la foga della grande città annichila nella vita pubblica esterna i morali e santi ripostigli della divina famiglia, venuto qui, vittima inconscia del putridume, che lo ingoia, serve da letterario mezzano...

Il sindaco fu di nuovo in piedi e agguantò pei bottoni il segretario vociandogli con una efferatezza di voce soffocata: - Ma vi sono dunque due leggi morali, e due razze d'uomini...? E una mia figlia potrà appartenere al sesso di quella sciagurata!... Una delle due: o noi siamo minchioni, o quelli non sono uomini, sono compagni di Sant'Antonio.

Geromino era ricaduto sulla seggiola spossato; e si sarebbe detto che piangesse tacitamente.

Pino Goldi si appigliò al solito partito da lui praticato, quando vede alcuno a piangere; accende il sigaro, perché, dice lui, non si vedano le sue lacrime di richiamo.

Ma il sindaco non piangeva; onde Pino Goldi gli disse: - Caro mio, impara a conoscere il mondo, e piglialo come viene. E per istruirci di più, domani sera dobbiamo andare tutti al Mabille.

MABILLE

Mabille - diceva il sindaco - è una istituzione consacrata dal carreggio dei romanzi, delle guide e della tradizione. Ciascun viaggiatore venuto a Parigi va a Mabille, come assaggia l'acqua minerale il forestiere che si trovi a Vichy o visita la mortificante rupe Tarpea lo straniero a Roma. Ora quantunque una generazione di viaggiatori vada ripetendo sotto voce, dopo l'esperimento fattone, che a Mabille ci si annoia potentemente, e che Mabille è oggimai un mito ecc., tutti seguitano ad accorrerci, e non solo i giovani principi del sangue, ma altresì i venerandi pastori inglesi con le loro reverende consorti; semplici spettatrici, s'intende.

Ciononondimeno vi fu una discussione assai animata fra i nostri provinciali, se le rispettive signore potessero andare al Mabille.

Goldi citava la favorevole autorità del Baedecker, che assicura non commettersi nel giardino Mabille alcun peccato visibile ad occhio nudo.

- Lì si balla, o meglio si vede ballare; si suona, cioè si sente suonare; si beve, o piuttosto si paga da bere; si possono anche stipulare contratti criminosi, ma si eseguiscono altrove. E poi l'Achille degli argomenti! Vogliono esser più smorfiose delle miss inglesi, le quali leggono il breviario e non nominano neppure la biancheria di bucato?

Con grande meraviglia di tutti, la signora sindachessa Geromino annunziò, che avrebbe accondisceso di andare al Mabille. Per lo contrario la signora Clitennestra Goldi ricusò formalmente di profanare i suoi principî con una scappata di quella sorte; tanto più, perché aveva male ai denti e si proponeva di andare la mattina seguente a fare le sue devozioni a Nostra Donna. Allora la signora Geromino si impuntò maggiormente a non volere rinunziare a quella spedizione.

- Ho capito. Tu sei diventata gelosa a Parigi, e desideri di starmi continuamente alle costole per sorvegliarmi - le disse il marito.

- E se anche ciò fosse... Ma niente affatto... Voglio vedere... anch'io, voglio...

- Oh! moglie proterva... Vorresti rompermi la cavezza (dandomi evidentemente dell'asino) eh? Ebbene mi vendicherò generosamente... Ma, no; senti un po', mia cara: se tu ti accontentassi di rimanere a casa insieme con la signora Goldi...

- È la mia età, che mi tiene a casa — disse costei con accento, immaginò Pino, verdognolo.

- Oh! Lei è sempre più brillante di me - rimbeccò la Geromino con accento di fuoco.

- Ebbene! - ripigliò il sindaco di lei marito - mi vendicherò poi proprio ad usura... Ma via, guarda, ti ripeto: se tu mi lasci andar libero, te lo giuro! sarò savio, buono, e pieno fino sopra ai capelli di sacro orrore contro le tentazioni mondane. Ti garantisco un anacoreta della Tebaide... Ma, poiché sarò accompagnato a scuola, come un bambino, te la farò sotto i tuoi occhi, te la farò salata, te la farò.

- La mia vendetta sarà forse di maggiore importanza, trattandosi che io sono tua moglie - conchiuse freddamente la sindachessa, e il povero sindaco tremò, impallidì.

Pino Goldi e i coniugi Geromino si incamminarono verso il Giardino Mabille. Quella massa granitica di antichità grattata, che è la cattedrale di Nostra Dama sfumava nel bigio, in cui tutto si tingea. Dello stesso colore di Nostra Dama stagnava nel cielo come un lacrimone, l'areostata coatto. L'umidità dell'atmosfera pareva una densità di bolle, che crepassero sul viso dei passanti.

L'acqua saliva dalla melma nelle ossa.

Appena rallegrossi quella tetraggine umida e grigia per una bottata di Goldi, il quale vedendo passare alcune avventuriere sole in fiacre, disse: - Ecco delle signore disponibili, sfitte, le quali contrastano visibilmente con ciò che sta scritto sulla banderuola della loro vettura: loué.

Sul ponte Reale la signora Geromino diede una forte stretta al braccio di suo marito e lo costrinse a fermarsi.

Nel buio formicolava sopra, al di qua e al di là del fiume uno sciame di lumicini, a perdita di vista.

- Mi fa pena, ho quasi paura! - disse la signora Angelica Giacomina al suo sindaco. - Chi sa? penso devano essere le povere anime di tutti coloro, che si annegarono nella Senna.

- Storie! - le rampognò Geromino. - È magnifica preparazione pel Mabille, a cui pure tu stessa ti sei intestata di volere andare! Torniamo indietro?

- No! No! Andiamo - gli ripeté la moglie di proposito; e, mentre quasi lo spingeva innanzi, si stringeva vieppiù tenacemente al braccio di lui.

Ecco la porta illuminata dello storico giardino dei putativi gaudenti; i nostri tre forestieri passano frettolosi a pagare le loro cinque lire d'entrata.

Alla signora Geromino parve che si chiudesse dietro le spalle l'usciolo di una trappola invisibile.

Sono nel giardino.

Quei fiori di zinco illuminati dal gaz e così magnificati dagli scrittori non parvero una grande cosa a Pino Goldi, il quale assicurò che il magnano di Monticella avrebbe saputo farne di migliori, senza che li decantasse il cantastorie locale.

Povera signora Angelica Giacomina! Essa, che al mercato del capoluogo passava così fiera perché luminosamente bella ed onesta, essa che a Torino non si degnava neppure di guardare le acconciature più sfolgoranti delle padrone dei mariti altrui, essa che a Monticella era così feroce, ingenuamente ed innocentemente feroce nel giudicare le debolezze delle nuove Lucie verso i nuovi Don Rodrighi!

Ed ora essa si trova d'accosto a creature della sua età, del suo sesso, e del suo vestiario signorile, ma che Dante non avrebbe chiamato certamente donne di provincia.

Queste passavano radendole i gomiti e gittando larghe occhiate assassine a suo marito quasi per fare legale concorrenza a lei, a lei sposa legittima, santa e severa, entrata nel loro agone.

Le pareva di sentirsi susurrare chi sa quali birbonate in francese, in inglese, in arabo e in tedesco, e si aggrappava sempre più al suo Geromino; temendo con raccapriccio, che gli dovesse sparire in un brutto momento come un profeta della Bibbia. Eppure avrebbe pagato anche una grossa birbonata di lui, pur di non essere venuta lei là dentro... Ma rimorso! lei si trovava proprio fra quella perduta gente, non per la ragione dall'aria comune, che lascia passeggiare sotto lo stesso viale le fanciulle immacolate e quelle matricolate, ma si trovava là, perché di suo capo ne aveva fatto pagare dal marito il prezzo d'entrata!

Il giardino Mabille è contornato da atrii e da corridoi; e in mezzo vi campeggia una tettoia. Lì sotto, si suona e si balla; ma chi balla è una microscopica minoranza di due o tre garzoni parrucchieri o di due o tre disgraziate, retribuiti gli uni e le altre dal padrone dello Stabilimento a tanto per sera. Così si mantiene la tradizione del nazionale can can.

Gli spettatori e le spettatrici, che formano la grossa maggioranza del Mabille, si accerchiano intorno alle pochissime coppie o quadriglie danzanti.

I ballerini hanno la fronte callosa, la faccia annerita e incatricchiata pel vizio e pelle veglie. Eccoli; volteggiano le pieghe dei loro abiti neri, dentro cui vaneggia un pozzo di appetito o di inappetenza da lungo tempo non soddisfatta.

Fra le ballerine ce ne sono delle compassionevoli e delle stomachevoli. Una fra esse ha la faccia putrida, squinternata, ha la vita sfiancata da esercizi o impedimenti d'ostetricia.

Ecco: raccolgono e rialzano i lembi della loro vesta.

Alla addolorata sindachessa parve che facessero l'atto dei moribondi, che brancicano le lenzuola prima dell'ultima partenza. Invece quel poltrone del Goldi osservò, che esse facevano precisamente come le ninfe dei campi, quando si chinano per convertirsi in fontane.

Dopo un'altalena di melensa monferrina, su...! coraggio! Dio lo vuole! lo vuole la Francia! lo pretendono le tre lire del padrone dello Stabilimento! Su, su: calcio in aria; gli svolazzi delle sottane impillacherate coprono le facce sudanti; si disegnano sconce mutande, su! su! calci in aria; finché una ginocchiata percuote la fronte. Che cosa importa che a questo mondo vi siano delle mamme e delle ragazze buone?…

Chi sa quali immagini si affacciano a quegli occhi sbarrati per ispasimo di mestiere, quando la sottana sale a coprirli! Forse baci, forse crudeltà, forse agonie, forse istanti di pensieri e gaiezze di mamma, forse germi di innocenza di antenate, forse... Ma che cosa importa tuttociò a noi figlie della melma?...

Calci in aria, calci da portar via netto il cilindro del bishop curioso, fattosi troppo vicino, e da demolire gli occhiali verdi della sua signora. Allora la povera moglie di Geromino si sentì oscurare la vista e comparirle innanzi come un mare in burrasca, quella fitta di lumicini, che la avevano trattenuta a guardare sul ponte della Senna. Ora quei lumicini la offendevano, la ferivano, come una febbre, un inferno di animucce uscite stridendo dagli infanticidi, forse originati là dentro.

È finita la danza.

Le spettacolose cortigiane che non ballano, ricominciano le loro passeggiate conquistatrici. Hanno le acconciature superbe, gli inviti mordaci, gli splendidi tagli di vita, le teste lussureggianti, i declivi delle vesti infiorati, le ciglia e le sopracciglia dipinte all'anilina, gli occhi fosforescenti nell'azzurro metallico delle libellule. I loro volti sono larghi pallori quasi rubescenti di luna. Muovono alle imprese della gioia, e sono cupe come usuraie.

La signora Geromino, cercando un volto di cristiana su cui riposarsi, rinvenne un gioiello di signora giapponese. Era bellissima, malgrado le ditate di compressione che il Creatore ha impresso nel volto della Venere giapponese, malgrado gli occhi a mandorla e malgrado la sua tinta di caffè battezzato. Era alta, svelta e flessuosa come una canna; aveva l'aspetto buono, gentile, casalingo e felice. Passeggiava a braccetto del suo ambasciatore. Ed era ridente davanti a quello spettacolo singolare, perché lei non era europea, non era cristiana.

Geromino ammirava un'ambasciata di beduini con le croci della legione d'onore sugli ampi e bianchi mantelli e con le teste lievemente ricciute e barbute, teste di una bellezza e di una finezza primigenia sotto i giri morbidi e colorati del turbante. Erano stati il giorno prima a visitare il Maresciallo presidente e il Gambetta, come saggi della civiltà pubblica, e quella sera visitavano la civiltà privata parigina.

Guardavano con alta noncuranza quel formicolìo di fogge poco artistiche del nostro meschinissimo figurino; e respingevano con una parsimonia di atteggi indicanti appieno la loro noia e il loro sdegnoso sprezzo, respingevano come assurdi gli inviti di quelle bellezze posticce e rinfagottate, pensando sicuramente e vittoriosamente alle loro serre olezzanti di vere bellezze caucasee.

In un punto la carovana fu letteralmente circondata da uno sciame impertinente di ragazze, che tirandoli da tutte le parti, volevano far forza a quei bianchi e ricchi loro mantelli. Allora gli occhi dei beduini scintillarono amaramente e ferocemente, come gli occhi dei senatori romani al tocco della mano barbarica, che ne profanava la barba.

Con una dignità, una economia, e una risoluzione di gesti statuari, da tragedia di Racine, cercarono di allontanare frettolosamente l'assalto dato dalla civetteria parigina al pudore della loro dignità maomettana. Ma vedendo che colle buone non riuscivano a nulla, il loro capo, il principe, appuntando un gomito e poi allargandolo si aprì il passo fra quelle noiose baiadere, come un Cesare che sbucasse da un assalto di congiurati.

Gli altri dietro a lui. E tutti con uno sguardo altezzoso sulla civiltà che si lasciavano alle spalle, uscirono dal giardino.

GLOSSARIO

Dallo "Zibaldone" di Giovanni Faldella

Aggavignare, pigliare stretto per le gavigne, sotto le ascelle. Es. Così lo prese aggavignato e trasselo dal bagno, e miselo nel letto e vennelo riscaldando. Pecorone 27.

Appozzarsi, immergersi come in una pozza. Es. Come la neve piglia l'umido, sguiscia e giù, giù a voltoloni; s'appozza (in fondo al lago), M'intende? ci va come a un pozzo e fa che l'acqua risalti fuori da qualche parte e meni ruina. Giuliani, Mor. e Poes. 411.

Bottatina, motto pungente, satira, bottone. Es. Creda che sto conquisa anco assai e quel mi' suocero viene colle bottatine, che non faccio nulla e che il pensiero non mi macera la vita. Giuliani, Mor. e Poes. 119.

Canterino, aggettivo applicato alla seta più frusciante. Il Nordau parlando delle case parigine del sobborgo S. Germano, dice: se potessero parlare quali storie racconterebbero. Sarebbero storie degli amori di galanti signori per le leggiadre e leggiere dame dagli abiti di velluto e di seta canterina. Il vero paese dei miliardi. Pag. 28.

Carreggio. Ho udito molti sconfortarsi di trovare il corrispondente del francese rutine [sic]; ma quando pur non ci fosse la efficace parola dell'uso praticaccia, ecco qui la voce carreggio, la qual pur conserva il traslato della francese. È del Nelli nelle satire (Sett. Lib. Sat. ediz. 1583) "Che anch'ella mangia il porro della coda, E del donnesco ardor segue il carreggio". Fanfani, Diporti filolog. 174.

Dirizzone, incamminarsi in una dirittura senza consiglio, direzione inconsulta. Es. La testa m'è andata sempre a dirizzoni e a furiate: oggi il dirizzone di leggere senza potere scrivere un ette; dimani quello di scrivere e addio lettura; domani l'altro né libri né versi, e ciò a volte per tre o quattro mesi. Giusti, Ep. 2. 409.

Esitare, vendere, spacciare. Es. Il governo ha proibito (l'Arnaldo del Niccolini) salvando la capra e i cavoli secondo il solito, cioè appena saputo che tutte le copie erano esitate. Giusti, Ep. I. 376.

Incapacciato, manca nel Vocabolario, che però registra incapacciatura, freddura o altra gravezza di testa. Nel seguente es. del Giusti pare a me che tale parola sia un derivativo frequentativo dispregiativo del verbo incapare, incaparbire: - Se vedono un'immagine di rivoluzione in un fiammifero, bisogna che ci [si] siano incapacciati davvero. Giusti, Ep. I. 233.

Ingollare, trangugiare, mandare in gola. E. Se potessi svegliarmi domani nel 20 settembre, piglierei a patto di ingollarmi una pagina o due del Baccelli, come se fossero o pillole o pasticcini. Giusti, Ep[istolario] I. 446.

Inorecchito, tutt'orecchi, manca nel Voc. Es. Quegli che stava inorecchito, schizzò via come una lepre, senza manco voltarsi. Giuliani, Mor[alità e poesia del vivente linguaggio toscano] 346.

Intenebrato, annuvolato, rabbuscato in viso. Es. Santa Fede! Figliuoli miei, state un po' buoni, non mi fate stare tanto intenebrata! Giuliani 243.

Pinzo, agg. pieno zeppo. Es. Era la chiesa piena e pinza per ogni verso di persone. Lasca, Cene 463.
Spedato, coi piedi indolenziti. Es. Il paese è ameno, ben posto, fornito d'ogni bene, e tra le altre cose di belle montagnole da far tornare le corbellerie anco a un mezzo spedato. Giusti, Ep. I. 235.

Tallite dicesi delle erbe, quando semenziscono. Es. Egli ed io avevamo una medesima cena, ma breve; certe lattugacce tallite, che era come mangiare scope, e non sapevan se non d'un certo lattificcio, che era amaro come uno assenzio. Fiorenzuola, Asino d'oro IX. 190.